爆肝工程師的異世界狂想曲 20

Kadokawa Fantastic Novels

蜜雅
喜歡音樂的寡言精靈。
小玉
貓耳族少女。
波奇
犬耳族少女。
亞里沙
前庫沃克王國公主，
前世為日本人。

娜娜
面無表情的魔造人。
露露
出身於
庫沃克王國，
亞里沙的姊姊。
莉薩
橙鱗族少女。
佐藤
闖進異世界的三十歲左右
程式設計師。

「讓您久等了，隼人大人。」
佐藤手上
握著一把眼熟的聖劍。
那是梅札特大人使用的
聖劍布爾特剛。
「老子的背後就交給你啦。」
「是，請交給我吧。」

爆肝工程師的異世界狂想曲

20

愛七ひろ

Death Marching to the Parallel World Rhapsody

Presented by Hiro Ainana

Kadokawa Fantastic Novels

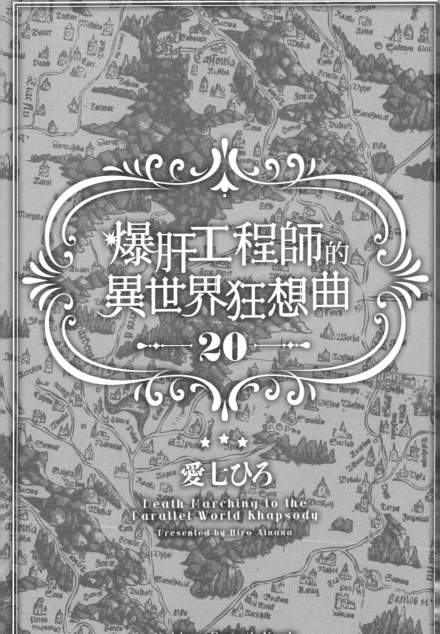

插畫／shri

C O N T E N T S

Death Marching to the Parallel World Rhapsody 20

清淨的國家

「我是佐藤。俗話說水至清則無魚，要是有潔癖過重的同事在，替他緩頰會很辛苦。雖然遵守法律乃理所當然，但對細節過於吹毛求疵，與其他人的關係會變得很僵。」

「星空～？」

「明明是白天卻變成晚上喲！」

仰望滿天星辰顯得驚訝不已的，是有一頭白色短髮的貓耳貓尾幼女小玉，以及茶色鮑伯頭短髮的犬耳犬尾幼女波奇兩人。

「原來有時差啊。」

呼著白色氣息，喃喃自語說出符合原日本人身分現代知識的，是有著一頭被稱作不祥紫髮的轉生者亞里沙。

「畢竟這裡是大沙漠的西邊，距離我們剛才所在的庫沃克王國很遠喔。」

由於接受了看似巴里恩神的藍髮幼女「協助當代勇者」的委託，我們為了前往勇者隼人所在的巴里恩神國而轉移到這裡。

轉移地點是我能進行單位配置，位於大陸西方的都市核房間。

接著再透過亞里沙的空間魔法來到大沙漠。

「月色真美呢。」

抬頭仰望沙漠月色的，是擁有超凡美貌，連美麗月亮都會嫉妒的黑髮美少女露露。

「是啊。」

我這麼回答之後，想起古典文學的橋段。

不過，異世界出身的露露不可能知道這句話的涵義，所以就不提了。

「蜜雅也喜歡嗎？」

「嗯。」

精靈族的蜜雅隨口回答我的問題。

仰望星空的她輕輕點了點頭，綁成雙馬尾的頭髮便隨之晃動，拂過帶有精靈族特徵的微尖耳朵。

「主人，確認到溫度計異常。請預防體溫降低，我這麼推薦道。」

用拐彎抹角的方式說出「好冷」的，是剛出生一年左右的金髮美女魔造人娜娜。

因為其他孩子看起來也很冷，我將堆積在儲倉的禦寒衣物發給她們。

與白天不同，夜晚的大沙漠氣溫似乎下降許多。

「主人，潛伏在周圍的魔物已經排除完畢。」

橙鱗族的莉薩威風凜凜地向我報告。

在清澈月光的照耀下，她脖子與手臂上帶有種族特徵的鱗片正反射著光芒。

我一慰勞她，只見她的尾巴不斷拍打著沙子。

「接下來要改搭飛空艇嗎？」

「我想想……」

從目前看來，勇者隼人與他的隨從們並沒有遭到重大的傷害。

根據標記清單的勇者情報看來，他們的體力值(HP)與耐力值(SP)多少有些下降或增減，不過以立志討伐魔王為目標的勇者隊伍而言很正常。

他們現在的位置也不是「巴里恩神國」而是「魔窟」，應該是為了討伐魔王正在攻略那個叫魔窟的地方吧。

或許還要再一陣子才需要我們幫忙也說不定。

「在抵達巴里恩神國附近之前，都用我的空間魔法移動吧。」

先透過閃驅移動製作轉移點，再反覆使用空間魔法「歸還轉移」來行動，速度比較快。

「在那之後就走陸路用正常方式入國吧。」

總而言之，我打算先前往應該有人認識勇者隼人的巴里恩神國首都，並在那裡打聽他的所在位置。

我依照觀光省的資料移動到巴里恩神國的不遠處，再將夥伴們帶過來。

「咦？這裡也是沙漠？難道距離大沙漠並不遠嗎？」

「不，大概有兩個小國的距離喔。這裡是獨立的小型沙漠。」

從上空看來，巴里恩神國被看似「萬里長城」，名叫「長城結界」的城牆圍繞。

根據觀光省的資料，巴里恩神國的領土呈現三成沙漠五成荒地的嚴峻狀況。

「機會難得，我們就騎駱駝前往都市吧。」

「駱駝？如果是指駱駝型的魔巨人，倒是能馬上做出來就是了……」

「反正都市的門在太陽升起之前不會開吧？」

這麼說也是——距離日出大約還要三個小時吧？

反正現在並不趕時間，利用等待時間來享樂應該無所謂。

我將周圍的沙子當作材料，製作出與人數相符的石製駱駝——也就是駱駝型魔巨人。

「佐藤。」

「快看、快看～？」

「**一夜零一千**喲。」

蜜雅、小玉與波奇三人穿著看似舞孃的服裝走了出來。

她們上半身是比基尼，下半身則穿著半透明的喇叭褲，還搭配會叮鈴作響的珠子與硬幣裝飾。

原本想提醒她們在這寒冷的天氣打扮成那樣會感冒，周圍的氣溫卻十分暖和。

看來是亞里沙用火魔法提升了周圍的溫度。

「嘿嘿嘿～很性感吧？」

穿著同樣打扮現身的亞里沙有點害羞地擺了個姿勢。

「妳們四個都很可愛喔。」

我才剛稱讚完年少組，換完服裝的年長組也接著走了出來。

「主人，我也很可愛嗎，我這麼提問道。」

「有點難為情。」

「妳們兩個也都很漂亮喔。」

這種衣服讓身材姣好的娜娜來穿，破壞力十分驚人。

而正在長大成人的露露則帶著些許背德感呢。

「像我這樣的人穿這種衣服……」

「莉薩也很合適喔。」

身材苗條的莉薩穿起來顯得威風凜凜。

假如讓她跳起劍舞一定會非常合適。

「那我們出發吧。」

就算讓石駱駝屈膝坐在地上，蜜雅和亞里沙也騎不上駱駝，於是我抱起她們的腰協助她們騎上去。

確認完夥伴們都騎上駱駝，我便讓它們開始移動。

「騎著成列的駱駝在月光下的沙漠上行進，感覺就像闖進一千零一夜的世界裡呢。」

「要準備阿拉丁的戒指或魔法神燈之類的東西嗎？」

用魔法絨毯進行移動說不定也很有趣。

我們聊著這些話題的同時，來到被長城結界守護的巴里恩神國領域內。

總之先用「探索全地圖」魔法調查巴里恩神國。

和希嘉王國一樣，這個國家似乎劃分成好幾個地圖，其中唯獨名叫「巴里恩神國東關口領」的地圖尚未探索。

國民以人族為主占了總體的六成，而初次見到、被稱作沙人的亞人占了三成左右，剩下的一成則是由各式各樣的鱗族與獸人構成的樣子。雖然也有妖精族，但數量稀少；同時國內似乎不存在魔族或轉生者。

話雖如此，還是發現了幾十名曾在希嘉王國王都引發騷動的魔王信奉集團「自由之光」的成員，於是我用「物質轉送」魔法將寫著詳細情報的紙送給東關口領的太守——在巴里恩神國似乎稱為聖區長。

雖然由我親自動手排除也無所謂，但我不了解東關口領的法律，找出成員以外的共犯也得花不少工夫，所以選擇將一切都交給聖區長來解決。

◆

「這外牆還挺長的呢。」

「根據觀光省的資料，這好像叫做『長城結界』喔。長度足以繞巴里恩神國的領土整整一圈。」

終於看見門了。

「想出入巴里恩神國，似乎只能穿過位於這國家三個方向的關口城鎮大門。」

眼前是進入東關口鎮的大門。

圍住關口城鎮的牆壁，高度只有構成「長城結界」牆壁的一半。

「『長城結界』加上像出島一樣的獨立城鎮嗎……要是拆掉外牆，說不定會出現巨人的臉呢。」

亞里沙講到大受歡迎的巨人漫畫內容，於是我隨口應了一句：「不會有那種事吧。」

進入東關口鎮不需要任何特別手續，只要和在大門前等待開門的人們一起走進去就行，看來是個來者不拒的城鎮。

或許是位於貿易路線途中的緣故，這裡的人們穿著的服裝款式五花八門。

其中占大多數的，是和年底在王都引發「魔神的產物」事件的霍茲納斯樞機卿一樣頭上裹著頭巾，做中東風格打扮的人們。大概是最近染料過於昂貴，大多數的人們都穿著採用原色布料的樸素服裝。

「好香～？」

「波奇知道喲！這是烤羊先生肉的香味喲。」

「呵呵呵，波奇還差得遠呢。雖然辛香料的香氣濃厚，以致於難以分辨，不過這是山羊的味道喔。」

進入城鎮後，從眼前的廣場直到附近的大街上，到處都是從販售早餐和小吃的攤位飄來的美味香氣，以及店員朝氣蓬勃的聲音。

這裡的公用語言是巴里恩神國語，因此我讓大家都裝上了翻譯戒指。

「那邊的外國小兄弟！要不要來份巴里恩神國名產，放了山羊肉的炒飯！」

當老闆掀起大型平底鍋的蓋子，奶油和辛香料的香味便飄了出來。

香味能勾起人的食慾。除了老闆推薦的山羊肉之外，裡面似乎還加了切碎的椰棗與陌生的當地蔬菜等配料。值得慶幸的是沒有參雜能看出原狀的昆蟲。

由於似乎是從生米開始製作，所以不算燒飯或炒飯（註：日文的燒飯和炒飯在中文都稱作炒飯，主要差別在蛋與白飯放入的順序），而是比較像抓飯類的料理吧。

「肚子餓～？」

「味道太香了，波奇快忍不住了喲。」

「哈哈哈，那今天就在攤販吃早餐吧。」

「好好好，贊成！」

我們以抓飯為主食，挑選了各式各樣的料理當作早餐。

雖然這裡的用餐方式一般是用手抓，但由於會不斷掉出來讓人連飯都吃不好，我們最後決定使用攜帶的湯匙。

這令人有點不甘心，因此希望能在滯留巴里恩神國的期間學會用手吃飯的方式。

「這個白色的是什麼？」

「雖然口感和外觀有點像優格，不過味道像芝麻豆腐？」

「好像是用這邊的烤餅沾著吃的樣子。」

露露將吃法告訴我。

ＡＲ顯示這是「帕里夫豆泥」，感覺有點像阿拉伯料理的鷹嘴豆泥。

「主人，這個超級辣，我這麼告知道。」

娜娜將鮮紅色的湯拿給我看。

「喵！」

「很刺鼻喲！」

「紅通通的呢。好像放了很多辣椒之類的辛香料。」

「雖然很好吃，不過吃下去會滿身大汗。」

感覺是會想在寒冷地區享用的料理。

「小蘿蔔和紅瓜沙拉。」

「哦～上面還撒了一點起司屑呢。」

蜜雅發現色彩鮮豔的沙拉，似乎是包在輕薄的小麥麵皮裡吃的。

上面淋著檸檬類的酸溜溜醬汁，搭配清脆的口感讓人覺得酣暢淋漓。味道類似苦瓜的苦味蔬菜似乎是一大特點。

「果然還是肉最強喲。」

「耶耶～？」

五十公分左右的長籤上串滿了肉。

「注意長籤尖端不要刺到人喔。」

「系。」

「好喲。」

我也一邊看著兩人精神奕奕地舉起手點頭回應莉薩的叮嚀，一邊品嘗肉串。

雖然味道有些獨特，但只要與蜜雅發現的沙拉交互食用，就能恰到好處地除去腥味。

每項料理的風格都很強烈，但都充滿十足的異國風情。

雖然接下來必須和勇者隼人會合，還是想再稍微享受一下觀光呢。

◆

「為什麼！俺要去見老爹啊！」

「吵死了，閉嘴！不管你的目的是什麼，沒有入門許可證的人都不准通過！」

我們一邊沿著擁擠街道觀光，一邊朝長城結界的大門走去，此時前方傳來少年與疑似守衛的男性的爭吵聲。

「那個小鬼大概買不起吧。」

「是啊。購買入門許可證要花上十枚大金幣，那可是連獨當一面的商人也會很吃力的金額啊。」

「只要在神殿累積修行，就能得到入門許可證吧？」

「不行、不行。據說得歷經十年的嚴厲修行才能拿到耶。」

「武人呢？如果打算成為神殿兵，應該進得去吧？」

「聽說『有才之士』可以進去喔？」

「技術人員無論在哪個城鎮都很受歡迎吧？所以魔法使和技術員似乎也進得去哪。」

「不過，無論是哪一個，都和那個小鬼無緣吧。」

幾名觀望大門口騷動的男性交談聲傳了過來。

「別妨礙我工作。等你拿到入門許可證再來吧。」

少年被守衛撞開，滾到了我們面前。

他的皮膚呈土黃色且十分粗糙，身材還非常纖細，好像是剛才用「探索全地圖」時發現，被稱作「沙人」的種族。

「沒、沒事吧？」

「沒受傷～？」

小玉和波奇跑了過去。

「這點程度不礙事，多謝妳們的關心——這耳朵是真的嗎？」

「喵！」

「不可以隨便碰少女的耳朵喲？」

由於耳朵被毫不客氣地觸碰，小玉向後一跳與少年拉開距離。

波奇豎起一根手指，發出「喵」的一聲出言訓誡驚訝不已的少年。

「抱、抱歉啦。俺沒想到她會這麼厭惡。」

「船到橋頭自然直～」

小玉晃了晃下垂的耳朵，原諒了少年。

「你這不是受傷了嗎？蜜雅。」

「嗯，交給我。」

我們離開擁擠的大門前，蜜雅用水魔法治癒少年。

「謝啦。妳明明這麼小，卻很厲害耶。」

少年坦率地稱讚蜜雅。

雖然他似乎對蜜雅的精靈耳朵也很感興趣，或許是因為小玉剛才的反應而有所反省，並沒有不假思索地伸手去摸。看來他不是個壞孩子。

——哎呀？

AR顯示少年的名字叫做「萊特」。

雖然巴里恩神國的人名大多都以「斯」或「特」結尾，這個名字或許並不特別，但看起來有點像英語。

為了慎重起見，我試著確認他是不是轉生者，結果不但沒發現奇怪的稱號，也沒有特殊能力——獨特技能。技能也只有一項與眾不同的「直覺」而已。

「看你剛才和守衛起了爭執，你為什麼要進去門裡面呢？」

「俺在尋找老爹。」

「找父親？」

「嗯，老媽得了流行病去世了。俺要把老媽臨終前說的話告訴老爹。」

「你知道父親的行蹤嗎？」

「在聖都啦。老爹被『賢者大人』邀請去聖都之後就下落不明了。」

聖都是指巴里恩神國的首都聖都巴里恩。

「要是見到你父親，我們會把你的事情告訴他。請問他叫什麼名字？」

「我老爹的名字叫做尤薩克。很罕見的名字吧？聽說老爹是在異國出生的。」

雖然萊特少年這樣說，但剛來到這個國家的我們並不清楚哪裡罕見。

因為知曉名字，於是我試著進行搜索，但這張及前一張地圖中並未發現名叫「尤薩克」

的人物。

「主人，能請您把這孩子也一起帶進聖都嗎？」

心地善良的露露似乎很同情萊特少年的處境。

「妳明明長得很醜，卻是個好人呢。」

聽到萊特少年恩將仇報的無禮發言，露露的臉色變得暗沉。

「你這個蠢蛋～」

亞里沙朝萊特少年的腦袋敲了一拳。

「好痛～妳還真粗魯耶。」

「這是因為你說露露醜啦。不准亂說傷害人的話。」

「我讓妳受傷了嗎？」

聽到萊特少年這麼說，露露輕輕點了點頭。

「這樣啊，抱歉。老媽也經常用『你在開口之前，要好好想清楚該說什麼！』之類的話對俺發脾氣……老媽總是那麼囉嗦。俺、俺、俺也一直被老媽罵……真希望老媽能一直健健康康，就算多罵我一點也無所謂。」

萊特少年因為回憶起母親而哭了出來，一旁的小玉和波奇顯得不知所措。

接著他用亞里沙遞過去的手帕擦乾眼淚，像老漫畫的登場人物一樣擤起鼻涕。

「主人，要允許他同行嗎，我這麼提問道。」
「說得也是——俗話說相逢就是有緣，就帶他去聖都吧。」
畢竟好像用錢就能解決了嘛。

◆

「很簡單就放行了呢。」
從結論上看來，進門不需要花錢。
只須出示我手上希嘉王國觀光副大臣的徽章便被允許通行，隨後由我來當監護人，萊特少年也作為隨行成員之一取得了入門許可證。
「原來你是個大人物啊。那個守衛的頭一直點個不停耶。」
「Yes～？」
「主人非常非常了不起喲。」
萊特少年有些興奮地說，小玉和波奇就很開心地回答。
「這邊也是城鎮，我這麼告知道。」
內側城鎮大多是穿著樸素服裝的神殿相關人員以及組成商隊的商人。

是一座莫名充斥莊嚴宗教色彩的城鎮。

我們從守衛那裡打聽到郊區有馬車開往聖都驛站，於是往那邊走去。

「很低？」

正如蜜雅所說，包圍長城結界內側城鎮的牆壁很低。

「真的耶。這麼低的話，一旦被魔物襲擊就慘了。」

萊特少年看著牆壁說。

「嘎哈哈哈，不必擔那種心啦。」

聽到萊特少年的話，一位體型壯碩的商人插嘴說：

「因為巴里恩神的清淨神力，巴里恩神國境內已經沒有魔物了。」

哦～還真是厲害。

這麼說來，確實用地圖搜索也沒找到魔物。

神明大人說不定比預料還要厲害。

「雖然叫做魔窟的地下遺跡裡面還有，但只要別闖進那種地方就很安全喔。」

雖然用地圖搜索也沒有找到地下遺跡，卻發現數個有人類大小到馬車尺寸的小型空白地帶，那裡應該就是魔窟的入口吧。

「因此老夫的商隊只會從遠離魔窟的地方通過，所以**絕對安全**喔。」

我們預定要搭乘且目的地是聖都的驛站馬車似乎會和他的商隊同行。

此外也包含工匠們乘坐的馬車，以及神殿兵見習生的孩子們搭乘的馬車。那些見習的孩子們全都擁有某種天賦——天生技能。

「總覺得在立旗呢。」

「沒問題。」

「是的，蜜雅。只要有主人在就不危險，我這麼斷言道。」

她們對我的信賴這麼深厚還真令人開心呢。

「雖然保證很安全，卻還是好好地帶著護衛的樣子呢。」

「畢竟沒有魔物也可能遇到盜賊嘛。」

露露對感到納悶的莉薩給出正經的回答。

「嘎哈哈哈，這個神聖的王國可沒有盜賊那種無恥之徒喔。因為沒有信仰心的蠢貨會遭受巴里恩神的天罰，落得『被沙漠誕生的魔窟所吞噬』的下場。」

這是類似會下地獄的戒律說法嗎？

「總而言之，老夫的商隊沒問題，既安全又可靠，所以只要您閒享受旅途就行嘍。」

或許是商人不斷像這樣立旗的緣故——

「——有怪物啊啊啊啊啊！」

我們遭到渾身包覆沙塵，看似木乃伊的魔物集團襲擊。

◆

「主人，你看過那些傢伙的狀態了嗎？」

亞里沙一臉焦慮的模樣小聲在我耳邊詢問。

「我正在確認。」

根據ＡＲ顯示，沙木乃伊是等級三到六，名為「沙塵兵」的魔物，擁有物理攻擊抗性與再生等種族特性。

不過這些姑且不管。

「彎刀沒用！就算砍中也只有沙子代替血流出來而已！」

「釘錘也一樣！把身體敲碎也會再生！」

雖然護衛商隊的傭兵們和魔物集團交戰似乎陷入了苦戰，不過傭兵一方的等級比較高，而且還有拿祕銀劍和持有魔法技能的人在，應該有辦法解決才對。

比起那些，問題在於沙塵兵的稱號欄上有魔王「沙塵王」的眷屬這個稱號。

亞里沙會急著跟我說起悄悄話，大概也是因為發現這個稱號的緣故。

果然，似乎可以確定這個國家有魔王存在。

「主人，傭兵們成功排除沙塵兵，我這麼報告道。」

那真是太好——

「喵～？」

幾乎就在小玉東張西望地對沙丘對面有所反應的同時，雷達上出現無數的紅色光點。

「是敵人！」

不久後，同行的萊特少年大聲吶喊。

不愧是罕見的「直覺」技能擁有者。雖然索敵能力稍遜於小玉，但他依然以接近蜜雅精靈感知的速度注意到靠近的敵人。

從最初的襲擊時沒有反應看來，該技能似乎不是絕對會發動。

「那群怪物的增援來嘍！」

打倒沙塵兵之後沒多久，沙丘對面冒出比一開始多上幾十倍的新敵人。

不僅有剛才像是木乃伊的傢伙，還有類似蠍子人的傢伙。儘管外表不同，但它們都算「沙塵兵」的樣子。

「快逃！」

「不行，被包圍了！」

「完了！快給老夫想想辦法！」

聽見傭兵們的話，掌管商隊的商人臉色發青。

「主人，這次我們出手也沒關係吧？」

亞里沙從妖精背包拿出長杖詢問。

「不需要。」

「耶耶～」

「那邊有馬蹄聲喲。」

從小玉和波奇指著的沙丘另一端，出現了巴里恩神國神殿騎士們的身影。

大概是因為其中一名商人在第一次沙塵兵襲擊時發出了信號彈，神殿騎士見狀便前來支援了吧。

「是騎士大人！」

「神殿騎士大人來嘍！」

傭兵們和商人們似乎也注意到援軍，紛紛露出充滿希望的表情向騎士們揮手。

「還挺有實力的呢。」

觀察戰況的莉薩很佩服似的小聲說。

神殿騎士們展現足以和希嘉王國精銳聖騎士匹敵的劍技，不斷殲滅沙塵兵。

每位騎士都擁有不少技能，而且每項技能都有其所長。他們一定是依照嚴厲的戒律來進行修行的吧。

「好強～騎士大人真厲害～」

萊特少年見到神殿騎士大顯神威，雙眼變得閃閃發亮。

「主人，您看那個人。就是那個戴著長羽毛裝飾頭盔的人。」

我立刻就知道露露在說誰。

因為那位戴著羽毛裝飾頭盔的神殿騎士手上握有泛出藍光的劍。

「那是聖劍吧。」

那是一把名叫「布爾特剛」的聖劍。

大概是以前被召喚的勇者們留下的聖劍吧。

聖劍擁有的力量十分強大，光是擦過就將沙塵兵們化為沙子。

神殿騎士們轉眼間就將沙塵兵盡數討伐，用神聖魔法治療受傷的傭兵們。

「非常感謝您，勇者大人。」

商人向那位持有聖劍，名為「梅札特」的神殿騎士道謝。

會叫他勇者，應該是因為他拿著聖劍吧。

「——勇者？」

騎士梅札特掀起羽毛裝飾頭盔上的面罩，一臉諷刺地揚起嘴角。

「我等可是光榮的神殿騎士，別將遲遲無法擊敗魔王的廢物與我等相提並論。」

「非、非常抱歉。」

見騎士梅札特語帶輕蔑地說，商人不斷低頭致歉。

他瞥了商人一眼後，便率領部下離開了。

他和勇者隼人之間說不定有什麼過節。

「總覺得到頭來是個討人厭的傢伙呢。」

亞里沙看著騎士梅札特離去的背影，「咿——」的一聲露出牙齒抱怨。

勇者隼人在巴里恩神國的戰鬥，似乎並不局限於魔王方面。

正當我開始煩惱他需要幫忙的是哪一方面時，我們搭乘的馬車抵達巴里恩神國首都——聖都巴里恩。

◆

「真熱鬧呢。」

我們走下驛站馬車完成入國檢查之後，走過用白色石頭建造的聖都大門。

隨後我使用探索全地圖搜索地圖，果然這裡也充斥著「自由之光」的成員，因此等找到值得信賴的人之後就去通報吧。

畢竟無法保證在司法相關人員之中，不會出現和曾在王都引發「魔神的產物」事件的霍茲納斯樞機卿一樣，手中持有連我的主選單情報都能加以欺瞞的偽裝道具嘛。目前就有一位名為「西普納斯」的主教擁有和他相同的偽裝道具「盜神裝具〈贗品〉」，因此我在他身上加上標記。

「涼快～？」

「嗯，很多精靈。」

都市內似乎藉由都市核的力量，將溼度和溫度調整得十分舒適。

看似強烈的日光，卻有初夏與盛夏一般的差距。

「歡迎來到聖都！」

「各位肯定很累了吧？這邊有發送免費的乾淨飲水和食物。」

「請好好享受巴里恩神的慈悲。」

一群年輕貌美的神官向走過大門的信徒們搭話。

「唔哇，真厲害～！他們居然說那種大餐是免費的！」

面對眼前的盛宴，萊特少年發出興奮的叫喊聲，隨即朝分配餐點的地方衝了過去。

那邊似乎在發送水和扁麵包。

神官們用溫柔的眼神守望開心地咬起麵包的萊特少年。

「那邊也有烤魚喲。」

「還有椰棗～？」

看來貪吃鬼二人組很快就調查完畢。

「明明位於荒地中央，糧食卻很豐富呢。」

「這裡的水源好像很豐富，我這麼告知道。」

莉薩和娜娜環顧四周。

「各位貴族大人不來享用嗎？」

「說得也是呢。機會難得，就稍微吃一點吧。」

大家一起品嘗招待的料理後，便朝著勇者隨從所在的都市中央地區大聖堂出發。

大聖堂呈現巨大的橢圓型，周圍蓋著四座高塔，是一棟無論從都市哪個位置都能看見的地標性建築物。

「感覺是個如同樂園般的地方呢。」

在經過中央幹道前往大聖堂的路上，露露說出這樣的感想。

路上見到的人們臉上都掛著溫和的笑容，行道樹上開滿白色與藍色的花朵。

「是今天有什麼活動嗎？」

正如亞里沙所說，大聖堂前面的廣場宛如演唱會現場般擠了許多人。

「其中受傷與臉色不佳的人意外地多呢。」

是打算在大聖堂免費舉辦治療大會嗎？

「是法皇大人！法皇大人來嘍！」

隨著某人的吶喊，群眾們同時當場跪下開始祈禱。

雖然我們與幾個沒搞清楚狀況的人因此變得格外顯眼，但也多虧如此，才見到了法皇周遭的情況。

由於被四周高高舉起的布遮住而無法一睹真面目，不過透過地圖情報可以得知，巴里恩神國的札札里斯法皇就在那些人之中。印象中據說是個能夠使用「祈願魔法」的人物。

——嗯？

法皇的隨從中有個人身穿與其說是神官，更像是魔法使的黑色長袍。雖然兜帽戴得很低導致幾乎看不見他的長相，但從嘴角的皺紋看來似乎是個年邁的男性。

或許是攜帶高級的妨礙認知道具，光憑鑑定技能難以看出他的角色狀態，不過根據AR顯示，他是個等級高達五十的魔法使。而且透過服裝可以看出他並非聖職者，加上還有「賢者」這個稱號，或許是法皇的私人顧問也說不定。

名為「索利傑羅」的他，大概就是萊特少年所說的賢者大人吧。

「嗚喵～」

當我正在觀察魔法使的情報時，小玉用臉蹭了蹭我的大腿。是不習慣應付人群嗎？總感覺她很不安。

此時我因為周圍的歡呼聲轉回視線，正好看到布的另一端冒出清澈的藍色光芒，其光芒正向四周逐漸蔓延。布幕隨著光芒掀了起來，法皇的身影隨即出現在布幕的另一端。他是個臉上充滿白色鬍鬚，表情和藹的老人。

「傷口治好了！」

「哦哦，咳嗽停下來了！」

「我女兒醒了！」

人們沐浴在光芒之下的傷病似乎都痊癒了。

「感激不盡，感激不盡！」

「法皇大人一定就是巴里恩神的使徒！」

「「「法皇大人，萬歲！巴里恩神榮光永存！」」」

醉心於法皇的信徒們淚流滿面地開始高呼三聲萬歲。

法皇就在布幕包圍的狀態下離開現場。

從離開時瞥見到的模樣看來，法皇似乎對狂熱的信徒們感到有些困擾。說不定他意外地是個很有深度的人。

「真像老爹的能力呢。」

萊特少年注視法皇的方向，喃喃自語地說。

「你父親擁有這種能力嗎？」

「只是很相似而已啦。老爹的能力沒有這麼厲害就是了。」

萊特少年回答亞里沙的問題。

「老爹說不定做了法皇大人的弟子！」

萊特少年如此大喊後，我們還來不及阻止，他便穿過人群消失了。

根據我搜索地圖的結果，少年的父親並不在聖都內。

「走掉了呢。要帶他回來嗎？」

「不，這樣就行了。」

畢竟本來就說好帶他進聖都而已，因此在這裡分頭也沒關係；不過丟著獨自一名小孩子不管，倒是讓人有點擔心。

和勇者隼人的隨從見過面後，再去找願意照顧萊特少年的人吧。

「話說回來，法皇的魔法還真厲害耶。練到極致的神聖魔法有那麼強嗎？」

「剛才那是獨特技能啦。」

根據我的地圖情報，法皇的特殊能力——獨特技能欄上有個「萬能治癒」。

「代表他是轉生者？」

「不是。雖然只透過布幕看了一眼，但鬍子與頭巾底下的頭髮都不是紫色的喔。」

當然，也沒有勇者的稱號。

雖然有可能像霍茲納斯樞機卿一樣只有一小撮頭髮是紫色的就是了。

「不過他是巴里恩神國的法皇，或許和勇者一樣被神賦予了獨特技能吧？」

「說得也是呢。有那種力量的話，熱心的信徒確實會增加。」

在如此贊同的亞里沙身後，耳朵不斷跳動的小玉與蜜雅抬頭看向天空。

「喵？」

「佐藤。」

她們盯著的半空中出現水面激起波紋的特效，緊接著大聖堂旁出現一艘銀色的船。

「主人，你看那個！」

「嗯，不會有錯。」

那是勇者隼人的專用船，次元潛航船朱爾凡爾納。

「居然出現在大聖堂附近，實在是不敬啊！」

「竟敢將巴里恩大人的寵愛當成擋箭牌，無禮也該有個限度！」

「得向沙珈帝國鄭重提出抗議才行！」

廣場上的祭司們與神殿騎士仰望朱爾凡爾納，紛紛憤怒地大喊。

「他們跳上法皇大人的房間嘍！」

勇者隼人的隨從們從朱爾凡爾納的甲板跳上陽臺，將一塊像是木板的物體放在陽臺與甲板之間。

緊接著，勇者隼人依靠其他隨從的肩膀，搖搖晃晃地踏著步伐走過木板。

勇者隼人的身上正不斷冒出看似黑煙的物體。

那玩意兒非常不妙。

「好像發生了什麼事耶。」

「是啊，狀況有點不妙。」

我催促夥伴們，朝向大聖堂的入口邁出步伐。

被詛咒的勇者

「我是佐藤。某個大人物曾經說過，如果公司打算無論誰離職都能填補空缺，最理想的做法是減少職責的個人化。不過現實依賴個人的程度總是居高不下呢。」

「各位，要走嘍！」

我不等夥伴們回答就進入大聖堂。

「小玉，怎麼了嗎？」

「喵～」

回頭一看便發現莉薩將猶豫不知該不該進入大聖堂的小玉抱在腋下。

她一定是討厭從勇者隼人身上冒出的黑煙吧。

雖然明白她的心情，但也不能就這樣丟下勇者隼人不管。

我將小玉交給莉薩她們，急忙趕往勇者隼人的所在地。

幸好現在大聖堂內部亂成一團，因此我沒有受到任何阻礙就衝上他所在的樓層。

「為什麼不能叫法皇猊下過來！」

「法皇大人才剛治療完為傷病所苦的民眾，至少會有好幾天無法使用聖力。」

有幾位女性正在逼問高階神官。

她們是勇者隼人的隨從，沙珈帝國的梅莉艾絲特皇女與長耳族弓箭手薇雅莉。

「隼人必須進行『消除詛咒』，我們需要比蘿蕾雅更優秀的施術者。」

弓箭手薇雅莉幫梅莉艾絲特皇女追加說明。

「梅莉，法皇還沒來嗎！蘿蕾雅對症狀的抑制也快到極限了！」

「在這裡浪費時間也不是辦法，我去抓住法皇的脖子拖他過來！」

兩名能讓人感受到野性魅力的女性衝出房間。

她們是勇者隼人的隨從，虎耳族的露絲絲與狼耳族的菲菲。

「慢、慢著，隨從大人！我等神殿騎士不允許這種無法無天的行為！」

「哼！別以為連技能都用不好的速成栽培混蛋能阻擋我們！」

是因為太擔心勇者了嗎？兩人一副隨時會拔出劍來的模樣。

我現在才注意到露絲絲的左臂不見蹤影，似乎是與魔王戰鬥時失去了手肘以下的部分。

「梅莉艾絲特大人！」

我站在人群後頭朝梅莉艾絲特皇女大喊。

人們的視線集中在我身上。

「……佐藤？你怎麼會在這裡？」

「我是收到巴里恩神的啟示趕過來的。」

我在詐術技能的幫助下說出最正經的理由。

雖然不清楚那個藍髮的神祕幼女究竟是什麼人，既然她要我來這裡幫助勇者隼人，那麼她很有可能真的是巴里恩神。

「雖然只是下級，但我這裡有萬靈藥。」

非下級的萬靈藥已經在比斯塔爾公爵領幫助被「龍之吐息」燒傷的希嘉八劍「割草」盧歐娜女士時用掉了。

由於自製萬靈藥所需的中間素材全都湊齊了，必須回波爾艾南之森一趟進行鍊成才行。

「真的嗎，佐藤！」

「快去用在隼人身上！」

露絲絲與菲菲抓住我的手，將我拉進房間裡。

「琳！蘿蕾雅！佐藤帶下級萬靈藥來嘍！」

這裡似乎是法皇的私人房間。勇者隼人正躺在寬闊房間角落的接待用長椅上，臉色十分蒼白。ＡＲ顯示上他的狀態是「汙穢」，似乎與中了詛咒的「詛咒」狀態略有不同。

守在勇者隼人躺著的長椅前方的，是勇者的隨從「天破的魔女」琳格蘭蒂小姐與給人穩重印象的神官蘿蕾雅。

「萬、萬靈藥！」

「快給我萬靈藥！」

琳格蘭蒂小姐向我伸出手。

她的美貌留有一道傷痕，右眼戴著眼罩。他們與魔王的戰鬥似乎相當激烈。

我將手伸進懷中從儲倉裡拿出兩瓶下級萬靈藥，避免掉落地交到她手上。

由於琳格蘭蒂小姐和神官蘿蕾雅轉過身來，我也因此看見了勇者隼人身上那至今都沒能看見的受傷部位。

他那早已脫去鎧甲的右臂，肌肉纖維宛如失去皮膚般完全裸露出來，突起的血管呈現藍黑色，像是其他生物般不斷蠕動。

手臂附近正冒著黑煙，其中還有像閃電一樣的黑線不停扭動。

——總覺得令人很討厭。照理說小玉會不想靠近。

而且我對這個黑線有印象。

和在希嘉王國王都打倒「魔神的產物」時鑽進天龍鱗片中的殘渣一模一樣。

「隼人！張開嘴巴，這是萬靈藥喔！」

琳格蘭蒂小姐一將下級萬靈藥倒進勇者隼人口中，受傷的部位頓時被類似魔法陣的東西所覆蓋，魔法陣消除黑煙，手臂逐漸恢復成健康的狀態。

「啊啊，隼人……」

琳格蘭蒂小姐感動不已似的喊著勇者隼人的名字。

然而閃電般的黑線彷彿在嘲笑她一般重整態勢，再次將勇者隼人的手臂逐漸變得扭曲。

「——怎麼會！」

她雖然立刻倒下另一瓶下級萬靈藥，但只是重複一次剛才的過程而已。

「佐藤！還有萬靈藥嗎？」

雖然有，但這樣只會徒增勇者隼人的負擔。

我走到他身邊。

「佐藤，瘴氣視。」

蜜雅從背後給了我建議。

我低下頭去，在不讓琳格蘭蒂小姐和神官蘿蕾雅看到瞳孔的情況下發動瘴氣視，接著便看到黑線前端分出無數細線纏住勇者隼人。

這看起來和我們在拉拉其埃事件時所見到，折磨半幽靈蕾亞妮的詛咒很相似。

這似乎並非出自咒術體系的正常詛咒，而是更加原始的種類。

如果是那種，我有經驗。

我向黑線伸出手——

「——慢著！」

神官蘿蕾雅抓住我的手加以制止。

「碰到那個的騎士都死了。那是濃烈到肉眼可見的詛咒。」

我腦中閃過在「魔神的產物」事件中，那些因為接觸黑線殘渣而導致死亡的魔物模樣。

「不要緊喔。我有經驗。」

我透過儲倉從懷裡拿出搞笑用的手套。

這是為了娛樂用途製作，手背上有用奧利哈鋼絲線縫製而成的魔法陣。注入魔力的話，魔法陣就會發光。

我戴上魔法陣手套，回憶製作聖刃時的感覺注入魔力。

「——藍色魔法陣？」

「是的，這是驅除詛咒用的聖具。」

我借助詐術技能這麼說完，神官蘿蕾雅便放開我的手。

其他隨從似乎也同意讓我處理，於是我再次向勇者隼人伸出手。

忽然間，渾身寒毛直豎。

這不是普通的詛咒。察覺危險技能正以驚人的氣勢不斷發出「不要碰那個」的警告。

雖然差點不由自主地把手縮回來，但我不能那麼做。

要是現在收手，眼前受苦的朋友肯定會死。

我相信詛咒抗性技能，將注意力集中在解除詛咒技能與反射詛咒技能上，為了拯救勇者隼人抓住黑線。

我可以看見亡靈大軍發出怨恨之聲逼近的幻影從指尖竄上我的腦門。

我在手臂纏上聖刃，將其全部淨化。

指尖冷冰冰的。雖然戴著手套看不見，但詛咒似乎已經開始侵蝕我的手指。不能繼續磨蹭下去了。

我在解除詛咒技能的協助下從勇者隼人身上扯下黑線，黑線隨即展開抵抗，試圖在隼人的精神與肉體上進一步擴大詛咒的源頭。

「唔啊啊啊啊啊啊啊啊啊啊啊啊啊啊！」

活性化的詛咒折磨著隼人。

我在「魔力治癒」技能的輔助下，用自己的魔力包覆住詛咒的源頭。勇者隼人的表情稍微有些放鬆，不再發出慘叫。

然而，詛咒源頭開始冒出棘刺狀的物體，試圖突破魔力膜開始掙扎。

「唔喔喔喔喔喔喔喔喔喔喔喔喔喔喔喔喔！」

勇者隼人咬緊牙關的嘴角流出鮮血。

——再這樣下去很不妙。

我用和剛才相同的手法，將包覆詛咒分枝的魔力膜變換為神聖之力。

詛咒源頭長出來的棘刺受到神聖之力焚燒萎縮起來。

——很好。

我小心翼翼地將侵蝕勇者隼人身體的詛咒源頭一根根拔掉。

「嗚啊啊啊啊啊啊啊啊啊啊啊啊啊啊啊！」

詛咒源頭展開最後的掙扎。

勇者隼人發出慘叫，身體到處噴出血來。

我還來不及下達指示，琳格蘭蒂小姐便馬上為他澆上魔法藥，神官蘿蕾雅也用延遲發動的神聖魔法治癒傷口。

或許是因為勇者隼人的身體殘留著瘴氣，傷口的治癒速度很慢。看來瘴氣妨礙了神聖魔法的效果。

為了驅散瘴氣，我釋放平時封印的精靈光。因為這個國家沒有人擁有精靈視技能，所以我用盡全力施展。

大概是奏效了吧，神官蘿蕾雅的治癒魔法發揮出原本的效果。

——就是現在。

我一邊感謝周圍的配合，一邊拔出纏住勇者隼人心臟的詛咒源頭本體。

詛咒源頭依然在我抓住黑線的指尖不停蠕動，光是扯下似乎還不足以讓其消滅，相當地頑強。

我專心處理被剝離、仍在抵抗的詛咒源頭。

黑線即使暴露在精靈光之下依然完好如初。甚至像網子一般張開，打算將我包圍，於是我用解開釦子的防曬斗篷反過來將其包住。

當然，這樣沒辦法對不具實體的詛咒黑線造成什麼效果。

我另有目的。

在斗篷包住黑線的瞬間，我在裡面從儲倉拿出已經出鞘的神劍。

被神劍碰到的黑線，發出水滴掉入加熱平底鍋般的聲音，被漆黑之刃吸收之後消失。

接著我迅速將神劍收進儲倉，任由斗篷掉落地面。

我用袖子擦掉額頭不知何時滲出的汗水，輕輕地吐了口氣。

「結束了嗎？」

「是的，接下來就等待蘿蕾雅小姐的診斷，但隼人大人身上已經沒有不祥的氣息了。」

我對目瞪口呆的弓箭手薇雅莉點了點頭。

雖然會衰弱一段時間，不過以勇者隼人的體力應該很快就會復原。

我說了一句「請到他身邊吧」之後推了弓箭手薇雅莉一把，在遠處觀望的其他隨從也紛紛跑到勇者隼人身旁。我離開包圍住他的人群，悄悄確認手套內部。

——好黑。

手指的第一關節已經變成黑色了。

這與我從天龍身上剝下「魔神的產物」碎片之後，染成黑色的手臂是同一種症狀。

果然，看來剛才那個和「魔神的產物」留下的殘渣是同一種東西。

「沒問題～？」

「主人，發生什麼事了！」

夥伴們察覺我的異狀跑了過來。

「我沒事喔。」

我知道該怎麼處理。

只要切下手指，再用上級魔法藥再生的話——咦？

黑化的手指顏色從手指移動到指甲上了。

雖然不知道怎麼回事，不過剝指甲比切手指好多了。我將提升到最高級的痛苦抗性技能切換為有效，接著開始用力剝下指甲並使用自我治療技能再生。

即使如此依然有點痛痛的，不過也就是瞬間感到指尖撞到物體的悶痛而已，因此夥伴們沒有注意到。

我把染上黑線詛咒的指甲收進儲倉，和夥伴們一起回到勇者一行人身邊。

◆

「佐藤！謝謝你！實在太感謝你了！」

琳格蘭蒂小姐抱住我，淚流滿面地不停向我道謝。

雖然亞里沙和蜜雅在身後發出「唔呣呣」的呻吟聲令人在意，她們似乎不打算插手。

「佐藤，多謝啦！」

「感謝你！」

露絲絲和菲菲兩人也從琳格蘭蒂小姐背後抱了上來。

「我也要謝謝你。」

冷酷的弓箭手薇雅莉並未擁抱我，只是露出有些微妙的表情道謝。

「你的手沒事吧？」

「是的，請看。」

神官蘿蕾雅一臉擔心地看著我的手。

雖然手套的魔法陣因為注入過多魔力燒壞了，但是黑化且剝掉的指甲已經再生完畢，恢復成往常的手了。

「被聖具保護了呢。」

「是的。能替勇者大人盡一份力，聖具應該也滿足了吧。」

雖然沒能用在餘興表演上，能在這麼多觀眾面前有所表現，手套肯定也覺得得償所願。

「真的幫了大忙。包含剛才提供的下級萬靈藥，之後沙珈帝國一定會贈與您感謝信以及謝禮。」

梅莉艾絲特皇女握住我的手，代表隨從們向我說出幫助勇者的報酬。

雖然不需要感謝信和謝禮，不過要是說出這種話總覺得會引發糾紛，因此我只回了一句：「請不用太在意。」

「這裡在吵什麼！明知這裡是法皇大人的房間還在胡鬧嗎！」

一名高級神官露出血管彷彿要爆裂的表情衝進房裡。

他身後還跟著幾名神殿騎士與神殿兵。

「原來是樞機卿猊下。由於這次攸關勇者大人的性命，導致言行多有冒犯之處，還望您寬恕。」

梅莉艾絲特皇女站出來應對樞機卿。

「竟然要求寬恕！仗著法皇大人的溫情——」

「適可而止吧，多布納夫。」

「法、法皇大人！」

推開堵住房間入口的神殿兵們現身的人，是剛才在大聖堂前治療民眾的白鬍子法皇札札里斯。

「儘管無法使用神所賜予的治癒之力，本想用神聖魔法前來相助……不過照現在的情況看來，似乎有些來遲了嗎？」

「承蒙法皇猊下關心，我代替勇者隼人大人向您道謝。」

梅莉艾絲特皇女向親切的法皇低頭致意。

「既然情況有所好轉，趕快帶勇者出去不就好了——」

法皇先是責備樞機卿：「多布納夫，不能說這種話。勇者大人是與神敵魔王戰鬥才身負如此重傷。」接著說了一句：「梅莉艾絲特殿下，在勇者大人恢復之前，請隨意使用我的寢室。」便離開房間。

不過再怎麼說也不能一句「好的，就這麼辦。」帶過，於是菲菲和弓箭手薇雅莉將脫離險境的勇者隼人抬到擔架上，移動到他被分配到的區域。

◆

「蘿蕾雅，隼人什麼時候才會醒？」

「現在他因為魔王的詛咒變得很衰弱，暫時還要繼續睡一段時間吧。」

神官蘿蕾雅回答露絲絲。

「妳們也因為和魔王戰鬥累了吧？接下來就交給侍女們，妳們稍微睡一下吧。」

雖然梅莉艾絲特皇女這麼催促，但隨從們都很擔心勇者隼人，沒有任何人離開房間。

最後梅莉艾絲特皇女也認同這件事，只要求眾人脫掉鎧甲換成輕便的裝扮。

「這麼說來，佐藤。剛才你說你是『收到神的啟示趕過來的』，難道是收到了神諭？」

我點頭回應換完衣服回來的琳格蘭蒂小姐所提出的問題，並將似乎是收到神諭的情況告訴她。

「——蘿蕾雅。」

一起聽聞的梅莉艾絲特皇女向神官蘿蕾雅進行確認，但她緩緩地搖了搖頭。

「神諭巫女沒有說過這方面的事。」

神官蘿蕾雅語氣生硬地說。

「雖然神話中提到的巴里恩神是年幼少女的模樣，不過根據巫女們與隼人的說法，巴里恩神是藍色光芒的化身。雖然確實多虧那孩子的預言救了隼人一命，但我不認為那孩子就是巴里恩神的化身……」

「她本人也沒有自稱是巴里恩神，說不定是擁有神諭之力的精靈或妖精吧。」

我在詐術技能協助下附和她的話。

雖然形象大不相同，但她或許就是狗頭戰時幫助過我的神祕幼女。

「欸欸欸，妳們和魔王交戰過吧？牠是個什麼樣的魔王？」

亞里沙像是為了甩開沉重的氣氛，用開朗的語氣提問。

「用一句話概括的話——」

察覺到亞里沙意圖的菲菲迅速做出回答。

「——逃跑的速度很快。」

「咦？」

「像是留下替身，或是煽動雜兵殿後，自己馬上逃跑喔。」

露絲絲見亞里沙因為出乎意料的答案啞口無言，補充菲菲的話。

「不過實力是真的很強喔？畢竟我的手臂都變成這樣，菲菲的手臂和腳也被切斷過。」

「看起來很痛～？」

「傷口已經撒了魔法藥癒合，所以不痛了。」

露絲絲面帶笑容回應擔心的小玉。

「這次真的很危險。要是沒有隼人在，我們或許就全軍覆沒了。」

倚在牆上的弓箭手薇雅莉小聲地說。

聽見這句話的莉薩開口發問：

「這次的魔王沒有逃跑嗎？」

「不，逃跑了。魔王逃跑時扔出的球體裂開後，隼人就遭到詛咒了。」

回答的人是菲菲。

即使是我的地圖搜索也找不到魔王，大概是在已知的巴里恩神國地圖外吧。

「魔王是可怕的傢伙嗎？」

「外表看起來像是將沙色的蠍子和人類合體之後巨大化的感覺吧。總是採前傾姿勢，尾巴很長。」

「那條像蛇腹一樣伸縮自如的長尾巴會從死角砍向人的腿，必須小心才行。」

露絲絲和菲菲將魔王的情報告訴波奇和小玉。

手舞足蹈說明著的露絲絲那只剩一半的手臂引起了我的注意。

「妳不讓手臂再生嗎？」

因為有些在意，我向露絲絲這麼提問。

「可能是被魔王咬掉時中了詛咒吧，連蘿蕾雅的上級魔法也治不好。」

「我的眼睛也一樣。之後再請法皇大人用『神聖之光』試試看能不能治癒，就算不行也無所謂。」

琳格蘭蒂小姐這麼說的同時，一邊用手指撫過從眼罩底下延伸出來的傷痕。

我在手的遮掩下用瘴氣視看了看，發現琳格蘭蒂小姐和露絲絲的受傷部位留有瘴氣的痕跡，那些痕跡正逐漸變得稀薄。看來是被我從剛才就一直全力展開的精靈光給淨化了。

「或許詛咒經過一段時間變弱了也說不定，用魔法藥試試看吧。」

我這麼說完後，將分成小瓶的上級魔法藥遞給琳格蘭蒂小姐和露絲絲。

同時也將一大瓶濃縮營養補給劑交給手臂缺損的露絲絲。畢竟如果不加上這個一起喝，會暫時變得很衰弱嘛。

「這難不成是上級恢復藥？用那麼貴重的東西嘗試——」

「沒關係。我還有好幾十瓶，妳們就別在意，拿去用吧。」

聽到我這麼說，琳格蘭蒂小姐和露絲絲一口氣將魔法藥喝了下去。

「——唔嗚嗚！」

「——嗚唔唔唔！」

琳格蘭蒂小姐按住眼罩底下的眼睛，露絲絲則倒在沙發上扭動身體。

再生時會伴隨著痛癢嘛。

「長出來了！我的手長出來了！」

「看見了。雖然還有點模糊，但能看見東西了！謝謝你，佐藤！」

兩人笑容滿面地抱住我。

與剛剛身穿鎧甲時不同，幸福不已的觸感從左右夾住了我的臉頰。

這裡就是樂園也說不定。

「有罪。」

「等等！妳們這樣未免太不檢點了！」

鐵壁組合一如往常地神速擠了進來。

我一邊品嘗被逐出樂園的心情，一邊哄著兩人。

「長得小也是女人呢。」

「對不起，兩位。我並不打算搶走佐藤，別生氣啦。」

露絲絲笑了笑，琳格蘭蒂小姐則向亞里沙和蜜雅道歉。

「我要不要也砍斷腳重新接上呢？總覺得有股不對勁的感覺呢。」

看到露絲絲彎曲伸展新的手臂，菲菲講出感覺會很痛的話。

「接上去的時候歪掉了嗎？」

「接回來時應該沒什麼問題，不過有時候總覺得使不出力氣喔。」

我用術理魔法試著透視之後，發現菲菲的膝蓋關節部位有類似小石片的物體。那應該就是那股不對勁感的來源。

原本想依照之前從奇美拉士兵身上拔掉「針」的方式加以去除，然而過程並不順利。

或許是因為用魔法藥進行治療的緣故，導致那塊小石片被視為身體的一部分吧。

「可以讓我診斷看看嗎？」

「辦得到嗎？」

「是的，我有這方面的道具。」

我透過萬納背包從儲倉拿出繡有治癒符文的手套。

這是亞里沙在王立學院的實習課中製作的手套。由於只要撫摸幾次就能治好擦傷，在波奇或小玉摔倒之類的時候是很重要的道具。

「請把腳伸出來。」

「性騷擾。」

「不是喔，蜜雅。只是要治療膝蓋而已啦。」
雖然我一開始的說法確實有點像性騷擾。
「嗯，只是被人摸腳完全沒問題啦。」
坐在沙發上的菲菲以充滿誘惑力的動作將長靴脫下，接著朝我伸出腳。
雖然上面到處都是能讓人聯想到戰士身經百戰的傷痕，她柔軟的腳依然很有魅力。
「那麼我要開始治療了。請您放鬆。」
我發動魔力治癒技能，將黏著在菲菲關節上的小石片分離。
只要分離出來之後就簡單了。用魔法版的念力「理力之手」裹住小石片，然後直接收進儲倉。
「結束了。還有不對勁的感覺嗎？」
「已經結束了嗎？」
菲菲從沙發上站起來，伸展了幾次之後不斷重複擺出戰鬥姿勢確認感覺。
「好厲害，不對勁的感覺消失了！佐藤，你還真有一套耶。」
菲菲不停拍著我的後背稱讚我。有點痛。
結果在那之後，我變得也得替弓箭手薇雅莉的手肘與神官蘿蕾雅的肩膀做同樣的處置。
必須讓視線不被後者的魅惑山谷吸引走，還挺辛苦的呢。

「等勇者大人醒來後，妳們還要去追蹤逃跑的魔王嗎？」

「與其說追蹤，不如說要再度四處搜尋吧。」

「牠好像得到擅長轉移的魔族幫忙，單憑沙珈帝國的空間魔法使甚至連追蹤痕跡都辦不到喔。」

聽到她這麼說，亞里沙小聲地說：「空間魔法嗎……」

「知道對方逃到哪裡去了嗎？」

「大概是魔窟的某個地方。」

「不知道是什麼原因，魔王那傢伙不會離開巴里恩神國的國境。」

露絲絲和菲菲回答我的提問。

「我們遇到魔王三次，起初的兩次是剛遇到就被逃走了。」

「咦？印象中遇到更多次耶？」

「那些都是替身。大概遇見了九次左右吧，牠們雖然外表和魔王一模一樣，但都是和沙塵兵融合的中級或下級魔族喔。」

梅莉艾絲特皇女回答菲菲的疑問。

「沙塵兵是指那個像沙子一樣的傢伙吧？」

「是的。雖然牠們大多都很弱小，卻是魔王的眷屬喲。」

回答亞里沙的是琳格蘭蒂小姐。

因為那些沙塵兵，魔窟裡充滿魔王的氣息，即使用上風魔法和空間魔法，想要找出魔王潛藏的魔窟似乎也很困難。據說他們透過測量瘴氣濃度，或者用占星術進行占卜縮小範圍後，再用人海戰術進行搜尋。

「魔窟有那麼多個嗎？」

「光是已知的出入口，似乎就有一萬個左右喔。」

那還真是驚人。雖然巴里恩神國的地圖上確實有許多小型的空白地帶。

「一萬還真多耶。說是魔力池又顯得多過頭了，大概是遺跡之類的地方吧。」

「這個國家以前似乎有個被稱為『魔神牢』的迷宮。」

——魔神牢。

真討厭的名字。

「魔神不是被封印在月亮裡嗎？」

「果然你也這樣想吧？」

「這麼想的人不只我們喔。」

聽到亞里沙的問題，露絲絲和菲菲十分開心。

「不是嗎？」

「聽說那並非代表『封印魔神的牢獄』，而是『魔神製造的牢獄』的意思。」

雖然沒有說出口，但我產生不好的聯想——魔王會不會是為了釋放被關在魔神牢的**某種東西**，才刻意不逃出巴里恩神國？

即使猜錯了，我也不希望再出現類似「魔神的產物」那種不妙的傢伙。

「因為忌諱魔神的名字，現在才改叫『魔窟』。」

「千百年前好像還是一座迷宮。據說現在的魔窟，是那座迷宮崩塌後留下的殘骸喔。」

我的腦中閃過因為「迷宮核」被破壞而導致崩塌的庫沃克王國迷宮。

假如像那樣崩塌再經過千百年，的確會變成這樣吧。

國內到處都是魔窟的出入口，內部也有不少相互連結的出入口，全部存在將近千百處的構造體。

構造體的規模大小各有不同，聽說他們在特別大的五個地方某處遇到魔王和替身。

◆

「勇者大人！勇者大人平安無事吧！」

一名穿黑色鎧甲的騎士伴隨著急促的腳步聲衝進房間。

根據AR顯示，這個人似乎是沙珈帝國的騎士，臉上掛著很適合他的紳士鬍子。

「琉肯大人，勇者大人平安無事，現在正在休息，請不要大聲喧譁。」

神官蘿蕾雅責備黑騎士。

「哦哦，抱歉、抱歉。雖然乘坐阿爾卡迪亞匆匆飛了過來，看來還是遲了一步。」

阿爾卡迪亞好像是沙珈帝國高速飛空艇的名字。

雖然我受到某古典名作動畫的影響產生了艦首有骷髏標誌的印象，不過再怎麼說也不可能會有吧。

「唔嗯嗯？為什麼勇者大人的房間裡有小孩？」

俯瞰我們的黑騎士開口詢問。

「佐藤是隼人的恩人喔。」

「恩人？」

「初次見面，騎士大人。我是希嘉王國穆諾伯爵家的家臣——」

「希嘉王國？那個叛徒勇者創立的國家的人來做什麼！」

黑騎士用吶喊打斷我的自我介紹。

話說回來，「叛徒勇者」？

我立刻就明白他說的是王祖大和——也就是小光。

連同他討厭希嘉王國的事一起。

雖然很難原諒他瞧不起小光，但面對這種不只是「厭惡和尚，恨及袈裟」，甚至「只因為厭惡袈裟，連和尚也罵」的傢伙，無論說什麼都沒用吧。

即使出言反駁，也只會讓對方更開心而已。

「我收到了啟示，於是前來幫助勇者大人。」

「像你這種小鬼能做什麼。」

「給我住口，琉肯！」

琳格蘭蒂小姐擠進我和黑騎士之間。

「這麼說來，妳也是希嘉王國出身的呢。」

「那又如何？現在我在身為希嘉王國的公爵千金之前，更是勇者隼人的隨從。」

「琳，來勸架的妳怎麼能主動找架吵呢？琉肯，你難道沒聽見菲說佐藤是勇者大人的恩人嗎？」

「……殿下。」

氣勢囂張的黑騎士似乎也不敢忤逆沙珈帝國的皇女。

「對不起，佐藤。我替無禮的琉肯向你道歉。」

說出自己並不在意之後，考慮到她的立場，我補了一句：「我接受謝罪。」

「……唔唔。」

此時順風耳技能聽見些微的呻吟聲。

看來因為太過吵鬧，把勇者隼人吵醒了。

「隼人！」

「琳嗎……這裡是聖都？魔王怎麼樣了？」

勇者隼人詢問盯著自己的琳格蘭蒂小姐。

他的意識似乎還很模糊。

「魔王逃掉了。你不記得了嗎？」

「不，我還記得。又回到起點了嗎……」

勇者隼人露出不甘心的表情，無法抬起的手臂緊握拳頭。

因為才剛治療不久，他的手臂似乎仍然動彈不得。

此時他朝我看了過來。

「——佐藤？」

「好久不見，隼人大人。」

我微微點頭示意。

「解除魔王詛咒的人是他喔。」

「這樣啊。多謝啦，佐藤。」

勇者隼人用充滿男子氣概的笑容向我道謝。

「我只是偶然持有用來解咒的道具而已啦。」

感覺會被掛上奇怪的稱號，於是我在詐術技能的幫助下，先說好解除詛咒的功勞是託手套的福。

「勇者大人。」

「琉肯嗎——抱歉，又要拜託你協助調查了。」

「請交給我吧。我會派出底下的偵查隊前去調查。」

受勇者隼人所託的黑騎士一臉得意地環顧隨從們。

據我所知，勇者隊伍裡並沒有斥候，因此調查魔王所在地的工作似乎是交給外來的協力成員。

「那麼，我立刻下令派出偵查隊。」

「——慢著。」

梅莉艾絲特皇女叫住準備衝出去的黑騎士。

「你的部隊應該也很累了。在調查魔王痕跡的賽娜她們回來之前先待命吧。」

「我的部下中沒有軟弱之輩，更何況我不認為那個小矮子隨從能找到魔王的痕跡。我們會和往常一樣，僅靠自己的偵查隊進行探索。」

因為在公都的時候沒見過面，我不認識那個叫賽娜的人，不過她好像是勇者的隨從。

「意思是你打算再次單獨調查？」

「正是。」

「你忘了偵查隊因此遭受多大的損害嗎？」

「戰鬥總會伴隨犧牲。」

就連梅莉艾絲特皇女的忠告，也被黑騎士當成耳邊風的樣子。

「調查很辛苦嗎？」

「是的。魔窟裡面不但和迷宮一樣構造複雜，還有許多敵人和惹人厭的陷阱。」

我向旁邊的琳格蘭蒂小姐詢問，她便做出這樣的回答。

既然如此，我也參與調查吧。

「隼人大人，雖然才疏學淺，不過我也來幫忙吧。」

「——連實戰都沒參加過的希嘉王國貴族能做什麼！」

當我提議說要幫忙的瞬間，黑騎士立刻語氣刻薄地加以回絕。

他似乎認為我侵犯到他的職責。

「我們好歹也是冒險者，很擅長在迷宮內探索喔。」

雖然嚴格來說魔窟並不算迷宮，但也十分相似。

只要將探索全地圖的魔法和主選單的地圖搭配使用，應該能用比正常探索快上數倍的速度找到目標。

如果有必要，擔任黑騎士的助手也無所謂。

「我的偵查隊也有擅長探索的風魔法使和斥候——」

「——琉肯。」

被梅莉艾絲特皇女支撐著身體的勇者隼人制止了仍想抱怨的黑騎士。

「老子打算接受佐藤的提議。」

「勇者大人是在懷疑我等的實力嗎！」

「老子當然信賴你們的實力。不過，老子同樣信賴佐藤，因為他是老子的朋友。」

黑騎士看起來雖然不滿，不過勇者隼人都說到這個地步了，他似乎無法繼續抱怨下去。

隨後他以要告訴留在魔窟的部下們勇者平安為由，離開了房間。

「助老子一臂之力吧，佐藤。」

「好的，我會盡棉薄之力。」

我緊握住勇者隼人伸過來的手。

◆

「唔呵呵，真是美妙的友情呢。」

亞里沙用有些做作的賢淑語氣和動作向勇者隼人搭話。

「勇者大人，我來探望您了。」

「我的甜心！」

勇者隼人看到亞里沙立刻變得笑容滿面。

亞里沙身後的小玉和波奇見狀把手貼到亞里沙的額頭上，語帶驚慌地說：「發燒～？」

「不妙喲。」

懂得察言觀色的莉薩立刻帶走她們兩人。

「有妳探望就能精神百倍——」

此時原本用開心笑容回答的勇者隼人，話說到一半就停了下來。

「怎麼了嗎？」

他並未回答亞里沙的問題，而是突然轉頭看著我。

「佐藤！你這傢伙做了什麼！」

並拖著搖搖晃晃的身體朝我逼近。

「你難不成……對甜心她們用了魔人藥嗎？」

「——沒有啊？」

他突然間怎麼了？

比起那個，他的臉靠得太近了。

「既然如此，這些孩子為什麼都五十四級了！」

勇者隼人用彷彿能發出聲音的氣勢揮著手臂，語氣激動地提出質問。

雖然一開始搞不太懂，但我想到魔人藥具備能輕易提升等級的效果，於是明白勇者隼人誤會的理由。

話說回來，你身體還很虛弱，希望你不要勉強自己啊。

「在迷宮修行了～？」

「非常非常努力喲！」

「這都是託主人出色的支援和裝備的福。」

獸娘們代替我做出答覆。

「我們只是在賽利維拉的迷宮以清光魔物的方式連續戰鬥，殲滅魔物領域而已喔。」

因為可能會讓事情變得複雜，因此我隱瞞在穆諾伯爵領參與都市奪回作戰和在王都的紅繩事件中大顯身手的事。

「是這樣啊……抱歉，說了懷疑你的話。」

面對低下頭的勇者，夥伴們愉快地聊起修行的內容。

當小玉和波奇快要說出禁止外傳的事情時，亞里沙和蜜雅巧妙地轉移了話題。

不知為何，每當話題有所進展的時候，勇者隼人的隨從們都會露出一副傻眼的表情，喃喃自語地說出「真的假的」、「鬼畜」、「佐藤真是人不可貌相……」之類的話。

雖然在我的認知中是在有安全保障的情況下進行的高效率修行，然而如果只聽話語描述，或許會被當成不顧自身安全不眠不休地特訓。

不過既然亞里沙和露露提到了肉祭典和午睡時間的事，應該沒問題吧。

「您沒事吧，隼人大人！」

一名身形嬌小的女性衝進房裡。

因為她的身高介於亞里沙和露露之間，使我差點誤會有小孩子跑了進來，但她的面容與年齡相符，身材曲線也相當凹凸有致，因此我很快就明白她是名成熟的女性。

「喲，莉洛。老子已經沒事了。」

「——太好了。」

女性確認到勇者隼人平安無事之後，安心地吁了口氣，隨即開始整理裙襬及亂糟糟的頭髮，慌張的神情也在整理完頭髮的同時消失無蹤。

「我失禮了。因為聽說朱爾凡爾納出現在大聖堂上空，停靠在法皇猊下的房間外，還以為隼人大人出了什麼大事。」

「的確差點死掉了喔？多虧佐藤才得救。」

「——佐藤？」

偏過頭去的女性注意到我。

「佐藤，來向你介紹一下吧。她的名字叫做莉洛，是小隊裡兩名書記官的其中一員，也是老子的夥伴。」

她好像也是勇者隼人的隨從。另外還有一位叫做諾諾的寡言書記官，現在似乎去沙珈帝國交涉補充物資了。

「初次見面，莉洛小姐。我是希嘉王國穆諾伯爵家的家臣，佐藤．潘德拉剛子爵。」

「您客氣——」

「子爵！」

琳格蘭蒂小姐驚訝地大喊出來，蓋過書記官莉洛的說話聲。

「琳，我才打招呼到一半耶。」

「抱歉，莉洛。比起那個，子爵是怎麼回事？在公都相遇的時候不是名譽士爵嗎？」

「因為發生了許多事，在年初的王國會議上升爵了。」

「許多事是什麼意思啦？雖然剛才從那些孩子口中聽說你們打倒了『樓層之主』，即使如此也應該是名譽男爵或永代准男爵才恰當吧？」

雖然我打算蒙混過去，但琳格蘭蒂小姐似乎打算打破砂鍋問到底，於是我將公開的功績講了出來。主要是關於擊退魔族和迷賊的事。

「既然有如此程度的實力，希望您務必助我們一臂之力。」

「別擔心，莉洛。佐藤已經答應幫助我們了。」

勇者隼人充滿男子氣概地豎起大拇指。

「不愧是隼人大人，擁有優秀的人脈。」

書記官莉洛說完「我去幫各位安排房間，稍後再詳細商談」之後，就走出房間。

在她回來之前，放在房間角落的魔法裝置叮鈴鈴地響了起來。

『我是賽娜，隼人沒事吧？』

從魔法裝置傳出有些柔和的女性聲音。

那似乎是通信用的魔法裝置。

『嗯，沒事了。』

『隼人！太好了～我一直很擔心耶～』

『比起那個，有找到什麼線索嗎？』

『那方面完全不行。雖然努力搜尋過了，但就是找不到魔王的痕跡。因為偵查隊說要撤退了，所以我也會和他們一起回去喲～』

『知道了。回程也要小心點喔。』

『當然了！我的字典裡沒有「大意」這個詞！』

琳格蘭蒂小姐告訴我：「賽娜是擔任斥候的夥伴喔。」

書記官莉洛在對話結束時剛好回來，接著她勸說勇者隼人暫時先睡一會兒，同時指示隨從們也去休息。

她似乎負責管理勇者隊伍的事務。

我向她商量了萊特少年的事，她願意介紹能照顧萊特少年的人給我。在聖都負責這類工作的組織似乎非常多。

於是我在被催促離開房間之前，作為回禮把恢復體力用的營養補給劑分給勇者隼人和他的隨從們。

幕間：在地底

「還只有三成嗎……」

黑暗中，一名男人正在發出詭異光芒的古老祭壇中進行作業。

「情況左樣啦～」

「——陛下。」

男人因為背後傳來特殊口音的話語而回過頭去。

那裡沒有任何人。不對，那裡有個比周圍黑暗更加深邃，如同剪影般的輪廓。

「別叫陛下啦，現在的咱只是個身分卑微的小官。」

「您真會說笑。區區為收集情報而編造的假身分，在鬼人王陛下的高貴靈魂面前只不過是草芥。我的身體、心靈以及靈魂，早就全都奉獻給陛下——」

「——停。」

至今有些滑稽的輕佻口氣消失，一道嚴厲的嗓音蓋過男人的話語。

「尊敬或畏懼是無所謂，『**信仰**』可不行。」

「──您說得是。這是我的失態……請您原諒，陛下。」

「就說別叫陛下了。你再繼續用那個稱呼，咱也叫你『猊下』嘍？」

「我沒有被那樣稱呼的資格。」

「是這樣嗎？算了，也罷。咱只是個哥布林，比起鬼人王這種嚴肅的稱呼，還是小鬼比較適合咱吧。」

「那還真是可怕的小鬼。」

男人微微一笑。

「這句話還真過分，咱明明這麼可愛。」

聽了剪影說出的玩笑話，男人保持沉默。

「不行，受到的打擊太大了，咱要讓聖女姊安慰一下。」

「您別開玩笑了。」

「聖女姊過得還好嗎？」

「您如果是問**靜香**，她還是待在老地方窩著。」

「你又惹她生氣了？」

「不，畢竟那個人討厭與人接觸。不過必要時她會按照指示工作，所以沒有問題。」

「人不是機械，要好好對待才行啊。」

「我明白了。我會在不對進度造成影響的範圍內，盡可能滿足她的要求。」

男人接受剪影的忠告。

「──那麼，現在進度怎麼樣了？」

「進度只有三成。」

「比預計得還要慢耶。」

「是的。光靠我的『迷魂』以及**模仿的**假冒『強制』技能，只能勉強把魔王──沙塵王束縛在魔窟裡。」

「牠不聽話嗎？」

「即使我為了增加魔窟的瘴氣濃度而命令牠去襲擊周邊都市，牠也會因為忌諱殺人而不肯執行。」

「魔王不適合擁有人道精神。」

「您說得沒錯。或許綁架被我模仿『強制』技能的優沃克王國宮廷魔術師，讓他重新束縛沙塵王能夠更快達成目的。」

「喔，那已經辦不到了。」

聽到剪影的回答，男人露出不解的表情催促對方繼續說下去。

「因為優沃克王國的宮廷魔術師已經死翹翹了喲。」

「——死了？」

「沒錯。雖然成了迷宮之主，但他跟迷宮一起上路了。明明是為了培養幼女魔王，難為冬夜小哥幫忙再生的迷宮，結果啥成果都沒有。」

剪影的說話口音太重，男人甚至連一半都沒聽懂，不過還是從語氣中得知「為了培養新魔王而再生的迷宮，連同成為迷宮之主的宮廷魔術師一起被消滅了」。

「既然事已至此，那就只能依照現在的方針繼續下去了哪。」

「現在是依照什麼方針進行的？」

「為了提高瘴氣濃度，在魔窟各地增產沙塵兵，讓牠們被前來討伐沙塵王的勇者及其跟班打倒。」

男人用魔王是他手下般的語氣說。

「會不會連沙塵王也被勇者殺掉？當代的勇者還挺優秀的吧？」

「這點無須擔心。沙塵王的逃跑速度很快，而且還有從緣大人那裡借來的下級和中級魔族擔任護衛，逃跑的地點也有緣大人本人守護。」

「說到緣大人，你可別太信任上級魔族。那些傢伙看似效忠魔王，實際上最重視自己的嗜好和方便。那個緣做事尤其果斷，要小心一點。」

「感謝您的忠告。這次緣大人的目的也和我們一樣，因此在達成目的之前，應該不會背叛我們。」

「如果是那樣就好了。」

剪影聳了聳肩。

「不能用強制束縛勇者嗎？」

「想把勇者及其隨從引誘到湊齊強制發動條件的地方很困難，更何況勇者與其隨從擁有可恨的巴里恩神加護和『神授護符』……」

「喔，這麼說來迷惑也不管用呢。那就沒轍了。」

剪影說了句「當咱沒說過」，再次改變話題。

「話說不用**那個**嗎？就是落到咱手上的那個。」

「您是說『產物』的碎片吧。雖然給了沙塵王，但牠至今仍然抗拒使用。前陣子牠將其朝勇者扔了過去，浪費了一個。」

「沒那回事啦。普通的藥和魔法治不好那個『汙穢』，就算是法皇老哥的獨特技能應該也應付不來才對。現在勇者也動不了吧？」

「不，聽說已經被碰巧路過的希嘉王國貴族持有的神器解除了。」

「那還真是不湊巧耶……」

「作為代價，那個神器似乎已經毀壞，同樣的幸運應該不會發生第二次。」

「這樣啊。那還有備用的嗎？沒有的話，咱這裡再給你一些唄。雖然繁茂迷宮和惡魔迷宮那邊都給了，不過太郎小哥那裡還沒有。」

「不用了，我手邊還剩五個。為了不讓沙塵王浪費，兩個在我手上，剩下的都交給綠大人了。」

「又來了啊。你太相信魔族了啦。」

聽到剪影的忠告，男人靜靜地低下頭去。

「算了，咱已經警告過你啦。咱下次再來看情況，你繼續好好努力吧。」

這麼說完之後，剪影便融入黑暗中消失。

「我必定會回應您的期待。」

男人面朝剪影所消失的黑暗恭敬地鞠一躬。

「為了鬼人王陛下，我一定會解除魔神牢的封印。」

男人的話語消失在黑暗中。

調查準備

「我是佐藤。同事中的某個人說過，越無能的人越想開會。可能是因為就算在會議中沒有解決問題，也會產生已經工作過的心情。」

「「「庫羅大人，歡迎回來。」」」

與勇者道別、在迷宮都市的「蔦之館」重新生產庫存可能不夠的藥品後，我來到王都的越後屋商會。畢竟再怎麼說也不可能在一朝一夕間做出萬靈藥，因此今天只是來做準備的。

儘管已經半夜，以華麗的金髮美女艾爾泰麗娜掌櫃與擁有靜謐美貌的銀髮美女蒂法麗莎為首，商會的幹部們依然精力十足地在工作。

喜歡石狼的美少女幹部魯娜似乎和前怪盜夏露倫一起出差而不在。

「我有工作要交給皮朋，他有空嗎？」

「是，目前還沒有交給他重要的工作。」

「很好。那麼就讓皮朋去支援正在巴里恩神國的沙珈帝國勇者。」

「不是支援勇者無名大人，而是勇者隼人大人嗎？」

「沒錯。巴里恩神國已經確認有魔王存在。」

「雖然皮朋的能力很優秀，但我不認為他對討伐魔王會有所幫助……」

「這點無須擔心。我只是想拜託皮朋去處理盯上勇者的暗殺者。」

如果是直接襲擊的刺客，我不認為勇者隼人會落於下風，但要是在聖都或駐紮地的伙食裡混入即效性的毒藥就危險了。最重要的是，每頓飯都得繃緊神經的話會很有壓力。

所以我主要想讓皮朋負責那方面的對策。

「倘若是那方面，他確實很適合呢。」

「午夜過後我會來接他，讓皮朋做好準備。」

「我明白了。」

這麼一來就做好勇者隼人的毒殺對策了。

「有什麼要報告的嗎？」

「雖然沒有挑明目的，不過希嘉八劍的盧歐娜大人曾經來訪。」

掌櫃似乎在警戒什麼，但她大概只是來向自己遭到下級龍焚燒之後，用萬靈藥治好自己的勇者無名道謝吧。

因為不是什麼大事，所以我說了沒必要在意，但掌櫃的表情依然有些鬱悶。

掌櫃和盧歐娜女士的個性截然不同，或許發生了什麼讓她不開心的事吧。

我將視線轉到看似在等待報告的蒂法麗莎身上。

「由於有希望移民的人帶著庫羅大人的介紹信來到這裡，我便優先將他們送往開拓村了。目前事先準備的開拓村人數幾乎額滿，因此暫時中止募集移民。」

「因為移民志願者之中有工匠，便透過越後屋商會僱用希望留下來的人。對移民中尚未找到工作的人，也提供了越後屋商會準備的長屋，讓他們暫時擔任臨時工來糊口。」

「報名的人還有很多嗎？」

「是的，因為條件太過優——因為條件不錯，已經多到必須進行挑選的程度。」

已經到了這種地步嗎……

說不定提前展開前往穆諾伯爵領的移民計畫比較好。

總而言之，再增加十座左右的開拓村吧。

「另外，礦山已經正式開始運作。目前正以市場價格向王國出售貴金屬，鐵和鉛等礦石則賣給商業公會。上述幾種礦石商會都存有一定的數量，如果有需要請儘管吩咐。」

我接過蒂法麗莎給的帳簿進行確認，看起來很順利就再好不過。

「庫羅大人，我已經將無處使用的資產拿去購買王都和周邊都市的閒置房產了。同時為了補充在各地據點工作的人員，我打算擴大招募。」

我先是叮嚀本店機密事項只能在現場人員之間流通，便給出擴大商會規模的許可。

「為了擴充警備部門，我從迷宮都市調來以斯密娜為首的精銳。」

身為越後屋商會賽利維拉分店迷宮探索部長的斯密娜大姊，似乎也來到王都總店會合了。據說賽利維拉分店的迷宮探索部門由大姊的弟子繼承。那麼也讓他們使用開放給卡麗娜小姐和娜娜姊妹們的區域吧。

「為了消耗紡織業過度生產的絲線和布，越後屋商會內設立了服飾部門。我們打算外包聘僱一些女性裁縫工人，請問可以嗎？」

「好吧。若是能用的人才，改成正式聘用也無妨。一切就交給掌櫃妳來判斷。」

「飛空艇部門正式推出小型飛空艇一號機了。由於札哈德博士仍在不斷修正空力機關的設計圖，我們準備了博士專用的船身。」

博士和助手葵少年據說會一起不分晝夜地反覆進行試作。

最近還會把商會僱用的魔法道具工匠和造船工人們也牽連進來，藉此進行飛空艇的改造。因為很有趣，就給他們使用更多資金和人才也沒關係的許可吧。

「庫羅大人，鍊金部門也想把分歧都市的安她們找來擴大招募——」

「鏤金部門也想增加人員！拜託您，庫羅大人！」

「發明部門總算募集到能夠做成商品的點子了。我們想在總店找出銷路，然後開始進行量產。」

負責各部門的幹部女孩們逐一進行報告和提出許可申請。

對此我除了偶爾指示一下方針以外，大部分都下達了許可。

畢竟要是有不好的內容，掌櫃和祕書蒂法麗莎會幫我阻止嘛。

結束越後屋商會的工作後，我前往王都宅邸陪熬夜的小光晚酌幾杯，並向她問起從迷宮都市育幼院前來留學的孩子們的寄宿狀況。

起初裝得很老實的孩子們，據說現在已經和小光打成一片，甚至還叫她「光姊」。小光的笑容之中沒有一絲陰霾，看來請她擔任管理員是正確的。

我也從小光那兒聽聞了王都的近況。

在比斯塔爾公爵領發起叛亂的圖里葉似乎遭到廢嫡，送往鄉下過著軟禁的生活。而對比斯塔爾公爵下達的處罰則是要求支付龐大的作戰費用，以及轉讓數項權利給王國。

前希嘉八劍的葛延先生下個月中旬就要與犯罪奴隸部隊的紫隊一起前往碧領。

新的希嘉八劍也已經決定人選，由「紅色貴公子」傑利爾先生和「風刃」包延先生兩人擔任。最後的第八席並不是聖騎士「白矛」凱倫卿，而是維持空席。至於下一次的選拔，則在一年後舉行。

雖然小光在聽聞巴里恩神國有魔王存在的事情後便要求同行，但我用勇者隼人無法應付的話會過來尋求協助讓她妥協。將傍晚製作的魔法藥分給她一些、前往越後屋商會帶回皮朋後，我便返回巴里恩神國。

◆

「果然大病初癒就是要吃梅子粥啊。」

勇者隼人豪爽地大口吃著裝在蓋飯碗大小白瓷碗裡的梅子粥。

昨天離開房間時順口問了他有沒有想吃的早餐，他提出想吃粥或白米的要求，我就和露露一起做出來了。

我和夥伴們已經試過味道，因此有自信這道粥不論黏稠度還是調味都是最棒的。

蜜雅自不用說，就連喜歡肉的小玉和波奇也讚不絕口。

「雖然帕里夫豆泥和優格也不錯，但日本人果然就是該吃白米飯啊。」

看來勇者隼人是米飯派。

因為他被沙珈帝國召喚之後已經過了很久，應該非常渴望故鄉的味道吧。

「還有白飯和鹽烤竹莢魚，有需要嗎？」

「哦！當然要！」

勇者隼人將空碗遞給女僕後接下我手上的餐盤，看起來很高興地把生蛋打在飯上製作生蛋拌飯，並且澆上醬油。女僕及同席的梅莉艾絲特皇女見狀雖然表情有些微妙，不過並未特別提出忠告。

醬油海苔片也讓他相當開心。海苔片是離開希嘉王國的王都前，從吉德貝爾特男爵那裡收到的加尼卡侯爵領隱藏名產。下次見面的時候去道個謝吧。

房間內暫時迴蕩著筷子的碰撞聲，以及勇者隼人高興地說著「好吃～」的聲音。

「多謝款待。」

勇者隼人一臉滿足地合掌致謝。

原本裝著鹽烤竹莢魚的餐盤上，只留下一具漂亮的白骨。不僅是皮，就連搭配的蘿蔔泥也吃得一乾二淨，很高興他能這麼喜歡。

另外，目前看來，或許是沙珈帝國的人員很優秀，還沒有發現企圖毒殺的人。雖然可能是我杞人憂天，但畢竟小心駛得萬年船，於是我命令皮朋暗中觀察情況。

「招待不周。」

我這麼說完，把露露泡的焙茶遞給勇者隼人。

勇者隼人喝了一口，開始聊起今後的話題。

「今天早上有場會議，佐藤也一起出席吧。」

「——您說會議嗎？」

「是的，沒錯。魔窟很大，光靠老子這邊和琉肯他們的沙珈帝國支援部隊，是找不出魔王的。所以，必須借用巴里恩神國的諜報部隊和士兵們的幫助。」

會議似乎就是為了商討這方面的事。

「交涉主要由莉洛和梅莉兩人負責，你只要旁聽就可以嘍。」

令人意外的是琳格蘭蒂小姐似乎不參加交涉。

向勇者隼人打聽理由後，他笑著說：「因為琳討厭笨蛋啊。」肯定是因為會跟腦筋死板的人吵架吧。

「隼人，雖然交涉是我們的工作所以無所謂，不過你可別在會議期間睡著嘍。」

「我會努力。」

「真是的！如果又睡著的話，罰你一週沒白飯吃喲！」

「只、只有這個處罰拜託不要。不喝咖啡還能忍得住，要是一天不吃一次白飯，老子會沒力氣！」

對於梅莉艾絲特皇女怒氣沖沖的威脅，勇者隼人投降地跟她約好「會議時不會睡著」。

不過，毫無效率的會議確實會讓人想睡覺呢。

◆

「──總之就是這樣，我們第三神官兵團最多只能出借兩個小隊的人手。」

「你說什麼！你們負責的不是治安良好的神官街區嗎！就連負責許多人血氣方剛的工匠街區的我們都湊出了四個小隊，你在吝嗇個什麼勁！」

「如果只是監視魔王是否出現，交給從附近村子僱來的人不就好了？」

「混帳傢伙。要是沙塵兵從魔窟裡跑出來，普通村民根本毫無抵抗能力！」

「比起損失神官兵，死幾個村民比較划算吧？」

「你這傢伙，這樣算什麼聖職者！小心巴里恩神降下天罰！」

「哼，我可不想被私下接受街區有錢人個人捐贈的你這麼說。」

「你說什麼！」

是因為沒有事前疏通的文化嗎？會議糾紛逐漸朝著偏離主題的方向加速。

順帶一提，從各個神官兵團借來的士兵，預計會派去無數的魔窟出入口進行監視。

「閉嘴，你們這群蠢貨！」

「砰」的一聲敲響桌子站起來的，是身穿金光閃閃鎧甲的神殿騎士團長。

他是個軍人風格的帥哥肌肉男，就跟之前從沙塵兵手中拯救商隊的神殿騎士一樣，擁有很高的等級與大量的技能。

「出借的部隊數量就跟事前通知得一樣。已經拿到聖下的簽名了，有異議的人自己去找聖堂執行局。」

被人狠瞪的神官兵團團長們臉色蒼白地挺直腰桿。

「勇者啊。」

神殿騎士團長凶惡的視線朝勇者隼人看了過去。

「我等巴里恩神國提供了總計一千名的兵力，信徒們還捐出多到令人眼花繚亂的物資。就算強迫我們承受如此負擔，依然要我們繼續澈底搜尋害獸和擔任偵查的稻草人嗎？」

「莫基里斯大人，恕我直言——」

「區區隨從少給我多嘴！我在和勇者說話！」

神殿騎士團長怒斥打算發言的書記官莉洛讓她閉嘴。

梅莉艾絲特皇女原本想代替書記官莉洛起身應對神殿騎士團長，卻被勇者隼人伸手制止，由他自己站了起來。

「是的。從巴里恩神那裡領受討伐魔王使命的是我們。我們雖然很感激你們的協助，但不想勉強你們去白白送死——」

「你在愚弄我們嗎！區區魔王算得了什麼！」

聽到勇者隼人的話，神殿騎士團長露出一副激動到血管快要爆裂的表情。

「對受到聖女大人賜予巴里恩神加護的神聖騎士來說，打倒魔王等同兒戲！」

——聖女大人？

這個名稱有點令人在意。

對互罵感到厭煩的我試著打開地圖搜索，發現位於聖都巴里恩的其中一個神殿有一名擁有聖女稱號的——老年婦人。

雖然說到聖女會聯想到特尼奧神殿的巫女賽拉那般的美少女，但是這個世界的聖女感覺都是些像特尼奧神殿巫女長一樣的老年人。不過，巫女長大人確實是個符合聖女稱號的人物就是了。

「哼，只會些雜技劍術的紙老虎還敢這麼囂張。」

當我轉回注意力的時候，黑騎士朝終於逐漸平息怒火的神殿騎士團長說了些沒營養的話火上澆油。

「只穿防銹黑鎧的鄉下騎士給我閉嘴！」

「你竟敢把用沙珈帝國最尖端技術製作的黑鋼鎧甲，當作是防銹鐵鎧嗎！」

遭到反諷的黑騎士放聲怒吼。他似乎很容易被人挑釁。

順便一提，這時候我還聽不懂他們說的話，不過之後從琳格蘭蒂小姐那裡得知「沒錢維護鐵鎧的貧窮騎士會塗上黑漆來防銹」的傳聞，我就理解了。

黑騎士口中的黑鋼，是最近才開發出來的鍊成合金，是一種含有稀少真鋼的特殊鋼材，據說比主流的祕銀合金更加堅固。

「兩位請到此為止吧。多布納夫樞機卿猊下要入座了。」

姍姍來遲的樞機卿和主教舉止高高在上地坐到上座。

不知不覺間賢者也入座了，他跟上次見到時一樣頭戴黑色兜帽遮著臉。雖然之前因為嘴角的皺紋以為是個上了年紀的男性，不過從AR顯示看來他的年紀並不大。由於種族是猿人族，嘴角的皺紋說不定是種族的特徵。

以稀有的影魔法為首，他擁有常見的地水火風四種魔法技能、詠唱縮短與冥想等實戰向的輔助技能，再加上杖術及迴避之類的戰鬥系技能。雖然技能種類繁多，但搭配方式感覺是魔法使或魔法戰士。

稱號以「賢者」為首，還有像是「法皇的顧問」、「探究者」及「尋求真理之人」這類很符合賢者的稱號。從AR顯示看來，他似乎不是魔王信奉集團「自由之光」的成員。

會議之後如果有空，再試著向他打聽萊特少年父親的事吧。

「書記官，向我和樞機卿猊下說明會議內容吧。」

主教用傲慢的語氣命令書記官。

他正是非常有可能是魔王信奉集團「自由之光」一員的西普納斯主教。

要多注意他各方面的行為舉止。

「細節我已經聽書記官說了。勇者啊，巴里恩神國的要求，是讓神殿騎士團的六名精銳參與魔王的討伐。」

「樞機卿，讓身為國家中樞的神殿騎士白白送死——」

「這並非白白送死，討伐神敵魔王維護世界和平乃我國的國家大事。」

樞機卿打斷勇者隼人的話如此斷言。

「在冠有偉大巴里恩神之名的國家出現魔王，卻沒有神聖的神殿騎士參與討伐，實在有失體面。」

雖然我也明白樞機卿的意思，不過賭上性命的不是他而是神殿騎士吧。

「可是——」

「我等神殿騎士沒有貪生怕死之輩，更沒有對討伐魔王的聖戰感到膽怯的人。」

神殿騎士團長蓋過勇者辯駁的話語，一口咬定地說。

雖然他自己無所謂，但我覺得有可能會出現因為同儕壓力而前往戰場的神殿騎士，這讓人很不爽。

「首席神殿騎士梅札特擁有聖下賜與的聖劍布爾特剛，應該不會妨礙勇者大人。」

樞機卿用高高在上的語氣向勇者保證。

「樞機卿猊下，雖然這不是我該插嘴的事，不過以梅札特卿為首的六劍聖應該留下來保護聖下比較好吧？」

「說什麼呢。骯髒的魔王之流，不可能進得了有巴里恩神威光籠罩的聖都。既然要支援勇者大人，就不應該隨便找人，而是要派出優秀的神殿騎士與其同行。」

樞機卿用強硬的語氣否定了賢者的擔憂。

「樞機卿猊下，依我西普納斯的愚見，賢者大人的意見也有些道理。不然只讓聖劍使的梅札特留在聖下身邊如何？」

從旁插嘴的主教雖然說出有點類似穩健派的話，不過考慮到他隸屬魔王信奉團體「自由之光」的可能性，著眼點就有些不同了呢。

看起來也像把法皇的護衛當作理由，透過能力對魔王戰僅次於勇者、能給出最有效打擊的聖劍使用者留下來，降低己方的戰力。

「別說蠢話了，聖劍的使用者正是應該討伐魔王之人。與其把梅札特留下，讓善於防守的莫基里斯神殿騎士團長留下來還比較合理。」

「——猊下。」

聽到樞機卿這麼說，額頭冒出青筋的神殿騎士團長用壓抑著的聲音發出警告。

「我知道，我不會做出把你留下的愚蠢行徑。既然要發起挑戰，那就應該一次拿出所有戰力。逐步投入戰力反而會導致更多犧牲，勇者大人也懂這個道理吧？」

樞機卿不僅是個宗教家，似乎同時也是一位戰術家。

「我再次重申，巴里恩神國要求六名神殿騎士參與討伐魔王。」

樞機卿瞪著勇者這麼說。

在與梅莉艾絲特皇女說了幾句悄悄話之後，勇者隼人重重地點了點頭。

「明白了，我接受這個條件。」

「那真是太好了。關於要派遣到中途基地負責治癒的神官，會依照你們的要求與護衛一起準備好。」

樞機卿這麼說完，露出滿足的微笑。

讀唇術技能從他回座時的嘴型解讀出「正好能處理掉麻煩的敵對派系」這句話。

這種時候還不忘強化自己的派系，這人與其說是聖職者，感覺更像個政治家。

另一方面，主教則顯得有些不滿。察覺到正被我看著之後，他刻意輕咳了一聲重新整理好表情。

巴里恩神國的陣容似乎分成想提升巴里恩神國權威的樞機卿派，以及想加強聖都與法皇防護的賢者派。神殿騎士團長屬於前者，而無限接近黑色處於灰色地帶的西普納斯主教則是後者。勇者陣營也一樣，似乎分成了勇者隼人一行人與黑騎士的派系。

雖然有句話說，只要三個人聚在一起就能產生派系，但還是希望至少在面對共同的敵人——魔王時能夠團結一致。

在我思考著這些事情的期間，會議仍在進行。

「勇者大人，我聽聞之前的調查導致沙珈帝國的偵查隊蒙受巨大的損失，那方面需要支援嗎？」

「——不需要！我的部下沒有不足！」

黑騎士聽到賢者的提問插嘴說。

「我來代替勇者大人回答。倘若逐一調查魔窟，他們的行動沒有任何問題。」

「逐一調查？要是能一開始就發現那倒還好，但如果沒有，豈不是連找出魔王要花多久都不知道嗎！」

「沒錯！你們打算讓我們的部隊留在魔窟門口到什麼時候啊！」

聽到書記官莉洛的說明，神官兵團發出抱怨。

「那麼巴里恩神國也派出調查隊吧。只要有神殿騎士當護衛，就算探索時遇到魔物應該也沒問題。」

「哼，還真像雜耍劍士會說的話。」

「你說什麼，防銹騎士給我閉嘴！」

黑騎士和神殿騎士團長又吵起來了。

即使賢者和梅莉艾絲特皇女開口也無法制止，最後在樞機卿發飆的怒吼聲中，才連同會議一起落下帷幕。

儘管我有事情要找賢者，但是現在實在不是能談那種事的氛圍。沒辦法，只能等下一次機會了。

最後在書記官莉洛的調整與事前疏通下，把樞機卿推薦的斥候部隊、賢者麾下的打雜小弟——那些名義上的密探們，以及將探索魔窟當成工作的冒險者們編成兩支偵查隊，事情才得以告一段落。

雖然總覺得一開始就把事情交給書記官莉洛就好，琳格蘭蒂小姐卻說，那樣必須花費更多時間才能讓事情順利進行。

最終決定的方針大致上是以下這種感覺：

一、所有魔窟的出入口都配置神官兵團進行監視。

二、往可能性最大的五個大規模魔窟的其中三個派遣偵查隊。

三、重新調查勇者們曾經遭遇魔王的魔窟。

四、要是發現魔王，通報勇者、黑騎士以及神殿騎士團長等三人，齊心協力討伐魔王。

「佐藤你們與我們同行。如果能夠單獨行動，我們就分開調查魔窟吧。」

我對梅莉艾絲特皇女的話點頭表示同意。

「就算發現魔王也別挑起戰鬥喔。」

「哈哈哈，再怎麼說我們也不會做出這麼亂來的事啦。」

我笑著帶過琳格蘭蒂小姐的玩笑。

「他們要是能和佐藤一樣不在乎功績就好了……」

「倘若換作琉肯，絕對會操之過急地開始戰鬥。」

「那個神殿騎士團長也很危險啊。」

弓箭手薇雅莉和露絲絲這麼說著，彼此點了點頭。

「畢竟那些傢伙為了出人頭地，根本不在乎部下的性命嘛。」

「不過至少會發出找到的報告吧？」

「是啊，說得也是。我們必須做好在接到通報時，能隨時召喚朱爾凡爾納趕過去的準備才行。」

神官蘿蕾雅一臉平靜地說，同時露出陰沉的笑容補上一句：「雖然那些笨蛋死了也無所謂，但必須拯救那些部下才行。」

雖然不知道這裡的魔王有多強，實力至少會在上級魔族或下級龍之上才對，要是在沒有勇者的情況下挑起戰鬥可能會全滅。

為了能在緊要關頭變身成勇者無名趕過去，得先一步造訪他們要調查的魔窟，用「探索全地圖」掌握魔王的所在地才行呢。

探索魔窟

「我是佐藤。說到逃得快的敵人，會讓人回想起電腦遊戲ＲＰＧ名作中出現的那個金屬傢伙。即使跑得快，要是報酬不錯的話，也是能被接受的呢。」

「這裡就是最後和魔王戰鬥的魔窟。」

隔天早上，我們和澈底恢復精神的勇者隼人他們一起搭乘次元潛航船朱爾凡爾納，從聖都巴里恩來到位於大約兩小時路程的魔窟上空。

當然，亞里沙她們也在一起。

「啊，賽娜在那裡喲。」

露絲絲和菲菲的手指前方，有兩艘看似隸屬沙珈帝國的黑色中型飛空艇，旁邊有個蹦蹦跳跳地揮著手的嬌小人族女性。她似乎就是斥候賽娜。

「速度真快耶。大概是利用空間魔法使的『歸還轉移』早一步趕回來的吧。」

想從魔王所在的魔窟最深處歸來，正常似乎需要花上三天。據說勇者他們是在最深處的房間召喚朱爾凡爾納，直接搭船回來的。

當我聽著這些事的時候，朱爾凡爾納在弓箭手薇雅莉的操控下靜靜地著陸。

「隼人！」

隨著氣閘風格的艙門發出聲音開啟，斥候賽娜衝了進來。

她和其他成員擁有同樣姣好的身材。

「幸好你平安無事。」

「讓妳擔心了。這位是將會協助我們調查的佐藤。」

勇者隼人隨手把抱過去的斥候賽娜拉開，向她介紹我們。

「請多指教～你還挺年輕的呢——咦，帶著小孩？」

賽娜的視線捕捉到了年少組。

「留有一頭紫髮……難不成妳就是小甜心？今天是跟小不點們一起來參觀隼人大顯身手的嗎？」

斥候賽娜見到亞里沙本來的頭髮顏色後，立即看穿她的身分。

因為次元潛航船朱爾凡爾納裡面只有自己人，她沒有戴假髮嘛。

雖然她擁有「人物鑑定」技能，但是和勇者隼人擁有的「神授鑑定」不同，似乎沒能看穿夥伴們裝備的阻礙認知道具。

「不是參觀，我們是來幫助隼人大人的。」

「真是的，隼人就是很寵小孩──」

斥候賽娜一副「真拿你沒辦法」的模樣用手按著額頭。

「賽娜，不要小看甜心她們喔。」

「這是什麼意思？這些孩子能幫上什麼忙嗎？」

聽到勇者隼人的補充，斥候賽娜歪頭表示不解。

「是喲，波奇是專業冒險者喲。」

「小玉也是專業斥候～」

波奇和小玉挺起胸膛說。

「──專業？」

「意思是那方面的專家。」

勇者隼人向聽不懂意思的斥候賽娜說明。

面對斥候賽娜驚訝不已地說出：「明明是這麼小的孩子耶？」小玉和波奇舉起雙臂擺出用力的姿勢，臉頰鼓了起來。

「賽娜的技能看不到嗎？」

聽到勇者隼人的小聲詢問，我拿掉波奇和小玉身上的妨礙認知道具。

「——五十四級！等級比我還高？」

斥候賽娜通過人物鑑定技能得知兩人的等級，驚訝地叫了出來。

順便一提，她的等級是五十二。

「妳們其實是戴著假耳朵的妖精族嗎？」

「錯錯～」

「波奇的耳朵不是假的喲？」

「可以摸嗎？」

「ＯＫ～？」

「可以喲。」

斥候賽娜在徵求同意之後，朝兩人的獸耳伸出手。

獸耳被撫摸的兩人很開心似的說出：「好癢喲。」扭起身體。

「哦哦，真是柔軟。與露絲絲和菲菲那種粗糙的耳朵差好多。」

「妳說什麼！」

「我的耳朵可是很柔軟的！」

「不可以吵架～？」

「沒錯喲，要友好相處才行喲。」

小玉和波奇慌張地看著賽娜她們打鬧，見到她們有趣的模樣，眾人紛紛露出笑容。

以這段互動為契機，斥候賽娜也和我家的孩子們打成一片了。

「——佐藤，這是魔窟的地圖。」

勇者隼人在野戰司令部般的帳篷裡向我展示他們調查的地圖。我用「錄影」魔法拍攝地圖。那並不是魔窟內的路線圖，而是國內魔窟所在位置的地圖。

地圖上寫著代表規模的符號與調查日期。

有五個魔窟釘上帶有顏色的圖釘。

「釘上圖釘的位置就是調查過的地方吧。圖釘的顏色代表什麼意義呢？」

「黑色代表魔王曾經待過的魔窟，白色表示魔王沒有出現的魔窟。」

而插在我們目前身處魔窟的藍色圖釘，似乎代表正在調查的場所。

這五個魔窟的規模和其他魔窟相比大得離譜，據說在巴里恩神國還被稱作「五大魔窟」。他們依照大小分別為魔窟標上號碼，號碼似乎有一百個左右。

「隼人！聽說琉肯他們沒有過來和剩下的人員會合，而是直接出發探索了喔。」

據說大多數的沙珈帝國士兵和中繼點的物資都留在魔窟裡，而他們正返回地面。

「竟然偷跑，真像琉肯的風格。」

「這下不妙了呢。要是戰力分散，他們的消耗會變得很激烈啊。」

「居然要陪著那種只顧著出人頭地的大叔，部下還真是可憐～」

我以為他只是對討伐魔王一事很積極的人，原來是為了自己升官發財啊……

「說得沒錯。賽娜，去跟傳令兵說一聲，指示他們在地上待命。」

對琳格蘭蒂小姐內心擔憂表示同意的勇者隼人示意斥候賽娜跑一趟。

對了，就趁現在——

「隼人大人，我能稍微參觀一下魔窟內部嗎？」

「嗯，無所謂，不過外觀和普通的洞窟沒什麼區別喔。」

因為勇者隼人一句「如果這樣也無所謂的話就去吧」給出許可，於是我點頭示意後便與夥伴們一起前往魔窟。

洞窟狀的入口站著兩名守衛，他們拿著繫有似乎是魔法道具鈴鐺的大型法杖。

雖然在接近入口時被攔住並詢問身分，當我告知已經得到勇者隼人的允許後，他們看了年少組一眼就立刻相信了我的說法。看來勇者隼人喜歡小女孩的事，就連沙珈帝國的士兵們也知道。

「喵？好像畫了什麼～？」

適應黑暗能力較佳的小玉發現神聖魔法系的結界。

能看見結界表面上顯示著巴里恩神的聖印。

藉由AR顯示能看出那是驅趕魔物的結界，因此我先進去確認安全後，才呼喚夥伴們。

在視野角落的AR顯示雷達變成了未探索地帶。而地圖顯示的名稱則是「魔神牢迷宮：遺跡」。

我側眼看著那些情報，同時從魔法欄施展了「探索全地圖」。

雖然比預料中來得大，但也只有賽利維拉迷宮裡六個區域左右的大小，甚至比庫沃克王國的迷宮還要狹窄一些。

通往地上的出口有七個，遠少於我在地面看到的地圖上標出的出口數量。物理上沒有連接在一起的地方似乎視為其他地圖。

「佐藤，瘴氣好濃。」

蜜雅皺著眉頭小聲地說。

「原來是這個原因嗎？我還在想身體怎麼有點沉重。」

「嗯嗯～討厭的感覺～？」

亞里沙和小玉也表示贊同。

聽到她們這麼說，我稍微發動瘴氣視，發現四周充斥著比迷宮濃厚好幾倍的瘴氣。

巴里恩神國內，尤其是大聖堂周邊幾乎沒有瘴氣，所以這裡讓人感覺異常濃厚。

我為了驅除瘴氣，釋放了平時封印的精靈光。這麼一來應該會稍微好過一點才對。

「雖然在魔窟外面時沒有發現，剛才的結界是用來防止瘴氣洩漏的嗎？」

「沒錯。」

蜜雅接連點頭。

「那麼主人，魔王躲在這裡面嗎？」

亞里沙悄悄地提問，而我搖了搖頭。

由於連尚未發現的隱藏通道和房間都找到了，我便用空間魔法「眺望」進行確認，只發現到骷髏化或變成木乃伊的遺體以及值錢的寶物而已，並未發現有關魔王行蹤的線索。

「除此之外，只剩沙塵兵之類沒被狩獵的魔物而已呢。」

也沒有發現魔族。

這座迷宮反而是人類比較多，大部分都是沙珈帝國的人。包含從最深處的房間撤退的部隊以及在準備撤退中繼設施的部隊，大約有一百人在活動。

光是昨天和今天，似乎無法撤離所有部隊。

「這裡像賽利維拉迷宮一樣沒有燈光，看來魔法或魔法道具之類的光源是必須的呢。」

「我的『魔燈』能派上用場，我這麼告知道。」

「嗯，『螢泡』。」

「魔刃也能發光～？」

「波奇也能讓魔刃發光喲！」

娜娜和蜜雅使用魔法後，小玉和波奇也點亮了魔刃。

有這種亮度應該夠了。畢竟我有夜視技能，負責索敵的小玉在夜裡的視覺也很敏銳。

「這裡的地面比以往的迷宮更加凹凸不平，因此所有人都準備照明會比較好吧？」

「……說得也是呢。我來準備符合人數的手電筒吧。」

使用光石的魔法道具很快就能做好，要是有能夠照亮腳底下的皮帶型照明，會不會比較方便呢？

簡單整理好問題點之後，我們沿著原路回到地上。

「回來得真快耶。魔窟怎麼樣？」

「如您說的外觀是洞窟，不過瘴氣比想像中還要濃厚呢。」

「——是精靈的能力嗎？」

「是的，隼人大人明察秋毫。」

畢竟最快發現瘴氣濃度異常的人一直都是蜜雅嘛。

「該移動位置嘍。要去確認魔王第一次出現的魔窟。」

我們跟著如此宣言的勇者隼人坐上朱爾凡爾納，前往距離這艘船約一小時路程的魔窟。

傳令兵及一個分隊左右的士兵正在地上臨時設置的帳篷中待命。

據他們所說，想搶功的黑騎士率領的偵查隊似乎正在探索這個魔窟。

「他是不是覺得這裡有之前探索時的地圖，比較容易確認魔王曾經出現的地方啊～」

「那些傢伙已經進去魔窟一天了嗎……應該追得上吧，不過──」

勇者隼人應該是在擔心我們，尤其是看起來沒什麼體力的亞里沙和蜜雅是否能跟上他們探索的節奏吧。

「隼人大人，請不必擔心我們，全力趕路吧。」

反正用地圖就能追上他們，而且我和娜娜就算背著亞里沙和蜜雅也能在不降低速度的情況下跟著他們。

「我知道了──出發吧！」

「帶頭就交給我吧～」

斥候賽娜邊奔跑邊揮動短杖，接著出現三個類似靈魂的鬼火出現在空中與她一同奔馳。

她似乎打算把牠們當作光源。

琳格蘭蒂小姐和梅莉艾絲特皇女也用術理魔法和雷魔法製造了光源。

我們也跟在最後面的神官蘿蕾雅身後進入迷宮。

剛才還在移動時，我已經將在朱爾凡爾納工作室裡製作的照明用魔法道具分給夥伴們。

「主人。」

面對張開雙手主張要求擁抱的亞里沙，我下達「性騷擾要節制一點」的命令之後背起她；蜜雅則由收起大盾的娜娜來背。

我們用類似馬拉松的節奏在蜿蜒曲折的通道上行進。

雖然寬敞的地方有好幾公尺，但也有狹窄到必須調整姿勢才能通過地方。

體格嬌小的我們還無所謂，壯碩的士兵肯定很辛苦。

位於通道上的沙塵兵和小型魔物，都被帶頭的賽娜以及兩側的露絲絲和菲菲用飛劍或石頭打倒了。

「隼人，巨大沙。」

「喔！」

勇者隼人僅用散發藍光的聖劍阿隆戴特揮出一刀，便將出現在類似鐘乳石洞大廳的德米巨魔級中型沙塵兵摧毀。

「不愧是勇者大人呢。」

「甜心？已經追上來了嗎，佐藤！」

聽到亞里沙的發言，勇者停下腳步。

看來他直到剛剛都沒發現我們已經追上的事。

「我們不要緊的，勇者大人。對吧，主人。」

「請不用顧慮我們。這種程度的節奏，我們毫無疑問可以跟上。」

雖然亞里沙說著有點做作的話，但在被我背著的狀態下沒什麼說服力。

「況且我們在追趕的同時也有好好製作地圖，就算走散了，我們也能自行回到地面上，請不必擔心。」

雖然不可能會走散，但為了能在魔王出現時用「我們走散了」當作藉口變身成勇者無名趕過去支援，才使用這個說法。

順帶一提，這個魔窟裡沒有魔王。

不過最深處的房間有個被魔族附身的五十五級沙塵兵，所以先買個保險。

「隼人，佐藤他們可是『祕銀冒險者』喔。不必那麼擔心也沒關係。」

「說得也是呢。佐藤，如果覺得撐不下去，就別猶豫立刻掉頭，明白嗎？」

「好的，我明白了。」

多虧琳格蘭蒂小姐幫腔，勇者隼人也允許我們同行了。

「牆壁上用螢光塗料做記號的地方有陷阱，不要踩到了喔～」

斥候賽娜講完需要注意的地方後，便再次開始移動。

我們遭遇沙塵兵的次數逐漸增加，以致於到處都是化為沙子的沙塵兵以外的屍體以及螢光塗料的記號。

「這條好像就是琉肯他們走過的路哪——唉呀，是新的陷阱。」

有個已經觸發的陷阱。

「裡面沒有遺體但有血跡，似乎是用魔法藥治療之後繼續探索了。」

我探頭看了看陷阱，發現彷彿劍山般的尖刺底層殘留著破爛的斗篷。

「既然增加了新的陷阱，也就是說——」

「——魔王可能回到這裡了。」

勇者隼人和梅莉艾絲特皇女這麼交談。

新的陷阱大概是那位待在「最深處的房間」裡，附身在沙塵兵身上的魔族設置的吧。

我們一邊擊退沙塵兵一邊前往魔窟最深處。

「應該差不多要會合了才對啊……」

我的順風耳技能捕捉到琳格蘭蒂小姐這句低聲說出的話。

「找到了喔，是琉肯他們。」

開始探索大約三小時左右，我們追上黑騎士率領的探索隊。

不知道是中了陷阱，還是和強大的沙塵兵戰鬥過，他們似乎停下腳步正在治療傷者。

黑騎士焦慮不已地怒斥部下們。

此時我發現斥候賽娜離開團隊，朝著前方不遠處的「最深處的房間」走去。或許是使用了潛伏系技能，只有我和小玉兩人察覺到她的行動。

小玉朝我做出「可以一起去嗎？」的手勢徵詢同意，於是我點頭回應她。

「琉肯！」

「——勇者大人。」

發現我們的黑騎士忿忿不平地咂嘴一聲，接著為了掩飾，面帶笑容地走了過來。

「恭喜勇者大人康復。不過您才剛大病初癒，請別逞強。畢竟勇者大人寶貴的身體可是無可取代的。請不要勉強自己，在我等發現魔王之前，您就在聖都好好休息吧。」

如果光聽這些話，會覺得他只想替勇者盡心盡力，但他的表情和語氣否定了這一點。

看來他打算搶先一步取得功勞。

「老子雖然很想這麼做，卻聽說你不讓士兵休養就直接進入魔窟啊。」

「請您放心，勇者大人。能取代我們的人多得是，您無須操心。」

「任何人都只有一條命，老子可不覺得讓你們白白喪命是件好事。別急著探索，慢慢來就可以了。」

勇者和黑騎士都固執己見地瞪著彼此。

在這段期間，神官蘿蕾雅和蜜雅用神聖魔法與水魔法治療受傷的士兵們。

偵查隊裡的回復職業似乎耗盡魔力，以致於無法施展魔法。

「隼人，我已經偵查好『最深處的房間』了。」

「有隻大大的～？」

先一步展開偵查的斥候賽娜和小玉回來了。

「喂喂喂，賽娜。妳怎麼連小不點也一起帶去了？」

「我發現到的時候她已經在我背後了喔～這孩子很厲害喔。」

斥候賽娜先是對露絲絲的抱怨做出解釋，之後稱讚起小玉。受到稱讚的她扭動身體，害羞地說了句「喵呼呼」。

「賽娜大人，魔王在裡面嗎！」

「雖然外表很像魔王，但因為鑑定技能遭到妨礙，不清楚是不是本尊。畢竟要是使用護身符，我的位置就會被發現嘛～」

斥候賽娜回答黑騎士的問題，同時看向勇者隼人。

「隼人，因為裡面很暗，所以看不清楚顏色和細節，但有個很像魔王的傢伙。他身邊有十隻左右的中型跟班，最深處的通道也有幾隻。」

從地圖上看來，跟班的等級在三十左右。

「這樣啊——」

勇者隼人逐一看著偵查隊的成員。

大概是在確認他們的等級和技能吧。

合計二十名的偵查隊每個人都是精英，其中兩人達到了四十級左右，其他人也都是三十級上下。

「去的人只有老子一行——」

「勇者大人！我可是絕對要跟去喔！」

黑騎士擋在打算說出「去的人只有自己一行人」的勇者隼人面前。

「知道了——」

「敵人似乎很多，也讓我們同行吧。」

勇者隼人看了我一眼，我便表示希望參加。

雖然他似乎不太想把我們牽扯進去，但我打算由我們來應付那些跟班，好讓他專心對付附身在沙塵兵身上的魔族。畢竟夥伴們都幹勁十足地想參戰嘛。

「可是——」

「沒問題的喔，勇者大人。要是您覺得我們不夠可靠，我們就立刻離開。」

「知道了。老子就相信甜心和佐藤你們吧。」

亞里沙透過客套的說話方式，強硬地讓猶豫不決的勇者隼人給出許可。

彼此施加各種支援魔法做好準備後，我們便進入最深處的房間。

「來得正好焉。」

外表彷彿蠍子和人類融合的大型沙塵兵露出邪惡的笑容迎接我們。

黑暗的房間伴隨著他的聲音，如同舞臺般逐漸亮了起來。

「奇襲失敗了嗎——」

雖然等級和上級魔族差不多，卻不具備以前見過的上級魔族那種壓迫感。牠大概只是被附身的沙塵兵拉高等級的中級魔族吧。

「——佐藤，那些傢伙全部都是替身。」

勇者隼人小聲嘀咕：

「沙子下方露出來的皮膚與角是綠色和黃土色的對吧？假如是本尊，那些部分就會呈現紫色。」

原來如此，真是淺顯易懂的分辨方法。

他應該是為了讓我們在獨自遇見時能夠分辨真偽才告訴我的吧。

無論從顏色還是語氣看來，牠肯定就是當初想攻陷迷宮都市的「綠色上級魔族」系列。

「我問你！魔族啊！懦弱的魔王逃到哪裡去了！」

勇者隼人沒有使出先發制人的魔法攻擊，似乎是為了得到魔王逃亡所在地的情報。

「哎呀哎呀哎呀，還以為是誰呢，原來是勇者焉——」

中間的巨人型沙塵兵向前踏出一步俯瞰勇者隼人。

「沒想到中了魔神大人的詛咒還沒死，想必是向愚神巴里恩求助了焉？」

魔族似乎不打算回答勇者隼人的問題。

「原來那是魔神的詛咒啊……」

神官蘿蕾雅悔恨地咬著嘴唇。

「竟敢說是愚神！膽敢愚弄神聖的巴里恩神，不可原諒！」

黑騎士發出怒吼後衝了出去。

他從偵查隊挑出的兩名高等級騎士也受到影響進行突擊。

根據事前討論，明明應該要等後衛的大魔法將雜兵一網打盡之後再發動突擊，但他好像完全沒有把這件事放在心上。

「那個笨蛋——」

勇者隼人咂嘴一聲。

因為高到亂七八糟的身體能力，黑騎士已經衝到範圍魔法的效果範圍內。

「也不能對他見死不救。改變作戰方式，上吧！」

勇者隼人帶著露絲絲和菲菲衝了出去。

「勇者由我來對付焉，你們去對付那些雜碎焉。」

魔族這麼下達指示後，中型沙塵兵一同朝我們撲了過來。

梅莉艾絲特皇女和琳格蘭蒂小姐撤銷詠唱完畢的魔法，開始新的詠唱。

「主人。」

莉薩一臉很想參戰地看著我。

小玉和波奇也一樣。

「我們負責解決嘍囉吧。」

「遵命！」

「系系系～？」

「收到了喲。」

「是的，主人。渾身是沙的野獸啊！建議你們去沖個澡，我這麼告知道！」

獸娘們和娜娜開始迎擊中型沙塵兵。

「那麼，我們就在這裡進行援護吧。」

「箭和風魔法都對那些傢伙無效，火魔法和土魔法威力也會減半。推薦使用水魔法或爆裂魔法。」

弓箭手薇雅莉對亞里沙這麼說。

應該是在代替展開咒文詠唱的琳格蘭蒂小姐和梅莉艾絲特皇女吧。

「或是憑藉沙子之間隱約能看見的光芒——」

她拉開魔弓，瞄準其中一隻中型沙塵兵。

「——射穿魔核。」

連續射出的三支箭劃出紅色軌跡的同時消失在中型沙塵兵胸口，漂亮地射穿了魔核。

「運氣真好。平常要是不多射幾次都射不中。」

根據ＡＲ顯示，沙塵兵身上像沙子一樣的表皮部分是障壁。障壁上存在縫隙，瞄準那裡似乎可以造成暴擊。

「……■破裂。」

「……■■■■尖銳閃電。」

琳格蘭蒂小姐的爆裂魔法和梅莉艾絲特皇女的雷魔法炸裂，接連破壞兩隻中型沙塵兵。

儘管我不認為被擴散到地面上，總覺得雷魔法的效果也不太好。

「……■水劍山。」

「……[redacted]豪火爆！」

蜜雅的水魔法及亞里沙施展的爆炸型火魔法也毫不遜色地擊潰中型沙塵兵。

「挺能幹的嘛。」

「嘿嘿，我們可不是白當祕銀冒險者的。」

聽到琳格蘭蒂小姐的稱讚，亞里沙得意地笑著回應。

「……如果用魔法，中級的就足以破壞敵人，所以魔法使比較適合解決雜兵。」

弓箭手薇雅莉有些不滿地低語。

「試試看吧？」

「是，瞄準射擊！」

露露拿起狙擊類型的火杖槍，「砰砰砰」地連續射出三發火彈。

火彈準確地命中魔核，擊殺三隻中型沙塵兵。

「打中了！」

「——騙人的吧。」

純粹感到喜悅的露露與驚愕不已的弓箭手薇雅莉形成強烈的對比。

即使以身為卓越弓箭手的薇雅莉看來，露露似乎也相當優秀。

我混在使用火杖和雷杖的偵查隊中，為了不讓太多中型沙塵兵往娜娜她們那邊聚集進行牽制。如果穿著以往的黃金裝備，就算聚集了幾十隻也沒問題；可是現在是沒有配備「堡壘防禦」的公開裝備，因此我不斷強化支援。

獸娘們為了不讓敵人包圍身為主要坦克的娜娜，由拿著小盾的波奇擔任副坦克，以及用二刀流架開攻擊的小玉當迴避型坦克守護著她的左右兩邊。

而莉薩則是來回穿梭在三人之間，敏銳地用突刺準確地擊碎沙塵兵的魔核。

在前衛陣容的對面，其中一名和黑騎士一起飛奔出去的戰士渾身是血地從勇者隼人一行人在交戰的主要戰場飛了出來。他的腳彎向奇怪的方向，幾根肋骨刺破胸口竄了出來。

「——幼神慈愛。」

神官蘿蕾雅對那名戰士施展上級神聖魔法。

受到光芒包覆的戰士傷勢逐漸癒合。雖然恢復量和上級魔法藥差不多，但魔法藥無法讓肋骨復原到正確的位置上。

幾名偵查隊的成員衝到戰士身邊，將他帶回安全地帶。

「喝喔喔喔喔喔喔！」

黑騎士發出吶喊，同時用黑鋼盾擋開魔族沙塵兵的攻擊。

明明等級有差距，但他似乎還挺善戰的。

「沙珈帝國制式劍術——薔薇刺環！」

黑騎士使出像是必殺技的招式。

如果仔細看，魔劍的紅色軌跡或許可以說像是玫瑰花瓣，但那大概是錯覺吧。

「別逞強，琉肯！」

「沒錯、沒錯！攻擊就交給我們啦。」

露絲絲用手上的兩把大劍，菲菲則用形狀奇特的大斧攻擊魔族沙塵兵。

是因為武器性能有差距嗎？兩人的一般攻擊造成了跟黑騎士的必殺技相同的傷害。

「開什麼玩笑！薔薇環刺只不過是前菜，接下來才是正式攻擊！接招吧，繚亂滅殺——唔咳！」

當他做出發動招式的準備動作時，受到了魔族沙塵兵的直接攻擊，和剛才的戰士一樣被打飛出去。一起戰鬥的另一名戰士也遭到牽連一起退場了。

「誰教他要在打亂對手平衡之前停下動作。」

「真是個笨蛋耶～」

斥候賽娜接到露絲絲的指示，悄悄地將魔導炸彈扔到魔族沙塵兵腳下，並用短杖類的火杖將其點燃。

「——趁現在！」

勇者隼人趁魔族沙塵兵將注意力轉到腳下的瞬間，用盾擊猛力砸向魔族沙塵兵的上半身，讓他失去平衡。

「唔喔啦啊啊啊！雙刃亂舞！」

「喝啊啊啊啊！獸王斬門！」

露絲絲和菲菲立即朝著魔族沙塵兵的雙腳膝蓋後方放出必殺技。

「《吟唱吧》阿隆戴特！」

勇者隼人詠唱聖劍的聖句，再加上獨特技能「最強之矛」增加威力。

聖劍砍斷魔族沙塵兵用快要跌倒的不自然姿勢發出踢擊的腿，如同蛇腹劍一般從死角發出的尾巴攻擊也被寄宿了獨特技能「無敵之盾」力量的聖盾架開。

魔族沙塵兵的長尾尖端並不像蠍子，而是如同槍尖般尖銳。

要是不小心被刺中，感覺會變成肉串。

「還沒結束——焉——！」

看似走投無路的魔族在空中做出立足點，起死回生地發動突擊。還真是頑強。

這攻擊似乎在勇者隼人的意料之中，只見他毫不緊張地放低姿勢，將劍往後挪擺好架式等待著。

「——閃光延烈斬！」

鮮豔的藍色烈光劃出一道弧線，將突襲過來的魔族沙塵兵一分為二。

「焉——————————————！」

沙塵兵發出臨終前的慘叫，變成沙子灑落在地面上。

——不妙。

我發現有道黑影藏在沙中。那是從沙塵兵分離出來的魔族。

勇者隼人察覺到牠的存在，將劍再度舉起。

然而他並未揮劍，而是放鬆肩膀的力道。

要說為什麼——

「希嘉王國制式劍術——奧義『櫻花一閃』。」

順著清脆的嗓音，一名伴隨強風出現的美女——琳格蘭蒂小姐將魔族給劈了開來。

魔刃碎片如同櫻花花瓣的特效般四散飛舞，將魔族化為黑色霧氣。

雖然我也會用模仿版的「櫻花一閃」，然而無論練習多少次，都無法營造出那種夢幻般的特效。

「那邊好像也結束了呢。」

結束戰鬥的亞里沙靠在我身上。

「嗯，累了。」

蜜雅也將身體倚著我。

雖然後半場似乎演變成獸娘開無雙，不過這邊的戰鬥好像也結束了。

「蘿蕾雅，請妳去治療琉肯。」

「我明白了。蜜雅小姐，能拜託妳治療隼人他們嗎？」

「嗯，了解。」

靠在我身上的蜜雅點頭表示同意。

「雖然敵人會自爆出乎意料，但我們似乎也大意了。」

「沒錯喲。波奇忘記啟動小盾的『防護罩』了喲。」

「同意。應對自爆敵人的盾擊遲了一步，我這麼反省道。」

「總會有辦法～？」

獸娘們和娜娜開起反省會。

毫髮無傷閃過攻擊的小玉似乎在安慰三人。

雖然三人好像只受了點擦傷，但是如果面對三十級的敵人都會受傷，讓她們參加魔王戰還是太危險了。

看來當務之急是重新製作公開裝備。

想想看能否讓外觀維持原樣，安裝能與黃金鎧匹敵的性能吧。

因為魔法迴路和固有亞空間內的裝置可以直接挪用，我想製作應該不會花上太多時間。

雖然睡眠時間感覺會暫時減少，但夥伴們的安全是無可取代的嘛。

◆

「打倒跟班沙塵兵的速度還真快呢。」
治療結束的勇者隼人向梅莉艾絲特皇女問道。
「都是託那些孩子的福喔。」
「原來如此，她們和外表不同，擁有符合等級的實力呢。」
勇者隼人看著娜娜和獸娘們。
畢竟姑且不論武人風格的莉薩，其他孩子看起來就是文靜美女和充滿稚氣的小孩子嘛。
「不僅如此，這孩子的命中率比我還高。」
弓箭手薇雅莉拍了拍露露的肩膀，向勇者隼人炫耀。
「比被譽為下屆弓聖的薇還厲害？」
「沒、沒那回事！我這種人還遠遠比不上主人！」
「不用謙虛，露露非常有實力。問題是武器——」
弓箭手薇雅莉拿起露露狙擊用的火杖槍。

「——好槍。但是，妳差不多該對威力感到不滿了才對。和弓不同，槍是由武器性能來決定威力。這個對四十級的敵人起不了作用，沒錯吧？」

「是的，您說得沒錯。」

露露坦率地點了點頭。

畢竟面對四十級的敵人，她用的是輝焰槍或光線槍嘛。

「如果露露更有力氣一點，我會推薦妳用魔弓——」

弓箭手薇雅莉握住露露纖細柔軟的手，隨即搖了搖頭。

「——事到如今，大概無法轉換跑道了吧。」

「是的，我不適合用弓。」

因為露露從一開始就用魔法槍了嘛。

「隼人，把我給你保管的金雷狐槍從無限收納庫拿出來吧。」

「金雷狐槍？喔，那個命中率太差而沒有使用的槍啊。」

勇者隼人一邊這麼說，一邊拿出一把燧發式的長筒槍。白色槍身與底座刻著以雷電和狐狸作為形象的金色浮雕，是一種魔法槍。

「露露，用這個開槍看看。」

露露拿起金雷狐槍，瞄準弓箭手薇雅莉所指、大約六十公尺前方的岩石。

「瞄準——射擊。」

露露扣下扳機，金雷狐槍就冒出細微的紫電，射出一顆伴隨激烈放電現象劈里啪啦作響的球狀雷彈，朝目標岩石飛了過去。

眼看就要筆直命中的雷球彈，在目標不遠處像是迷路一般偏離射線，連岩石都沒碰到地落空了。

「射偏了。我能再稍微射射看嗎？」

「這是無妨，不過消耗的魔力很多，要小心點喔。」

獲得允許之後，露露繼續用金雷狐槍開了兩三槍，但雷球彈依然產生看似隨機的偏差使她沒能射中目標。

露露先是一副若有所思的表情，接著繼續開了幾槍。

「那把槍雖然因為命中率太差而不適合用來解決小型魔物，用來應付體型碩大的巨獸或建築物倒是可以。」

「——我明白了。」

露露停下槍擊。

「嗯，對付小傢伙就拿妳之前用的槍，大型的就用那把——」

雖然弓箭手薇雅莉似乎以為露露放棄射中目標了，但從她那好像抓住某種訣竅、閃閃發亮的表情看來，很明顯並非如此。

「瞄準——射擊。」

「——咦？」

「打中了！繼續射擊！」

露露漂亮地讓金雷狐槍的雷球彈命中岩石，隨後接連不斷地讓雷球彈命中、將其粉碎。

從她每次都會移動槍口看來，會射中似乎不是湊巧。

「怎、怎麼打中的？」

「——咦？就是瞄準？」

弓箭手薇雅莉抓住露露的肩膀逼近。

「光是瞄準不可能射中！金雷狐槍是很隨性的！」

「就算您這麼說……」

露露表情困擾地向我求助，於是我擠進兩人之間。

「請您冷靜，薇雅莉小姐。露露，能告訴我們妳是怎麼瞄準的嗎？」

「是的，主人。那顆雷電球彈很容易受到風向影響。」

「慢著，會受風向影響我也看出來了。但即使沒有風，那把槍的彈道位置也會改變。」

「是的，您說得沒錯。所以我才更仔細地觀察，然後發現到它也會受到空氣密度與溫差影響。」

「……空氣密度與溫度？」

弓箭手薇雅莉一臉出乎意料的表情呢喃。

狙擊手露露看到的東西似乎與凡人不同。

「妳能看見那種東西嗎？」

「就跟觀察風向一樣喔。能透過空氣的些微晃動看出來。」

不，不管怎麼說——

也不可能看得出來吧。雖然我差點這麼說，但仔細觀察的確能看出來。

我想大概是託「讀風」技能的福。而沒有技能卻能用肉眼看見的露露，只能說很有狙擊的才能。

「能稍微借我一下嗎？」

我這麼向弓箭手薇雅莉要求，嘗試用金雷狐槍射擊。

雖然起初的兩三發射偏了，但我成功掌握特性。縱使我在第三發之後就能和露露一樣射中目標，但是無法掌握得跟她一樣順暢。這是一把威力雖能與輝焰槍匹敵，手感卻相當特殊的槍。

「連佐藤也……快要喪失自信了。」

「因為主人是我的用槍師父嘛。」

聽到露露補上這句奇怪的安慰，沮喪的弓箭手薇雅莉臉上浮現看似死心的笑容，轉頭看向在附近觀望的勇者隼人。

「這對師徒好奇怪。」

——真失禮耶。

「別說這種話，薇。」

「我只是稍微發一下牢騷，聽過就算了。比起那個，我想把金雷狐槍送給露露，可以吧，隼人？」

面對弓箭手薇雅莉的問題，勇者隼人笑著點了點頭。

他看起來好像很享受事情的發展。

「既然應該沒問題，那麼請妳收下。它一定能夠成為露露的助力。」

因為突然的提議而感到驚訝的露露用眼神向我求助，於是我也模仿勇者隼人點了點頭。

之後就讓我好好調查那把槍的構造吧。

「琉肯先生的治療已經結束了。因為流了太多血，暫時需要靜養。」

「那兩名武士呢？」

「魯德路先生的意識雖然還沒有恢復清晰，但卡溫德先生只有一點瘀傷，隨時都能重回戰場。」

當勇者隼人和神官蘿蕾雅聊著這種話題時，波奇和小玉興致勃勃地跑到他們腳下抬頭看著他們。

「怎麼啦？」

「聽到你們說『武士大人』了喲。」

「有興趣趣～？」

神官蘿蕾雅說了句「既然這樣」，把兩人介紹給只受了點瘀傷的戰士——也就是沙珈帝國的武士。

「你們對武士有興趣是也？」

「系。」

「波奇受到卡吉羅老師教導喲。」

「卡吉羅——在下曾經聽過這個名字哪。好像和魯德路一樣使用示現流吧？在下是新陰流的真傳弟子，名叫卡溫德。」

卡溫德先生似乎很喜歡小孩，他對小玉和波奇十分親切。

「賽娜，那個貓耳孩子的實力怎麼樣？」

「她的步法能與露絲絲匹敵，發現陷阱的能力大概和我差不多喔～」

「迴避能力也相當出色呢。如果是近距離戰鬥，我認為實力至少跟我差不多。」

「與琳不分上下的近戰能力嗎——那個橙鱗族的孩子呢？」

「那女孩另當別論。她的實力足以立刻擔任隼人的隨從，搞不好和祖雷堡卿差不多。」

「祖雷堡——妳是指希嘉八劍首席的『不倒』大人嗎！」

「難以置信嗎？」

「不，我相信琳的眼光。」

「既然你相信，順帶一提，那個叫娜娜的大盾女孩也擁有和沙珈帝國親衛隊或希嘉八劍雷拉斯卿同樣的穩定度，小甜心也具備和我與梅莉相提並論的魔法戰能力。雖然精靈族的孩子似乎在隱藏實力，但她是攻擊和恢復都會使用的重要後衛。」

聽見夥伴們被人大肆稱讚，老實說真的有點驕傲呢。

「那就沒問題了吧——佐藤。」

我因為勇者隼人的呼喚走到他們身邊。

「是，有什麼事嗎？」

「老子已經很清楚你們的實力了，希望你們負責調查其中一個魔窟。當然，我們會安排兩支沙珈帝國的調查隊和補給班協助，你願意接受嗎？」

「好的，請交給我吧。不過，探索只要我們自己來就足夠了。因為蜜雅的魔法非常適合探索。」

「你就帶去吧。我很清楚佐藤的實力，但還是有很多沒有第三者作證就不相信，令人困擾的孩子喔。」

面對梅莉艾絲特皇女的「你也見證那場會議了吧」這般發言，我也不得不點頭。

當昏倒的戰士清醒、黑騎士勉強能夠走路的時候，我們已經離開魔窟來到外面。

另外，雖然「最深處的房間」裡沒有魔王，不過作為單獨行動的懲罰，黑騎士等人的沙珈帝國調查部隊似乎得繼續調查這個魔窟。當然，要等後續部隊抵達之後才能開始。

◆

「那麼佐藤，老子咱們調查這個魔窟，剛剛提到的第六魔窟就拜託你了。」

「好的，我明白了。」

勇者隼人口中的第六魔窟，據說是個發生無數次調查人員下落不明事件的可疑場所。雖然規模僅次於五大魔窟，但大小和它們相比似乎只有一半左右。

另外我已經發現，最重要的魔王就躲在勇者隼人他們正準備調查的魔窟隱藏區域，因此打算加上標記，守望勇者隼人他們發現魔王。

順帶一提，魔王「沙塵王」的等級是六十二，比我至今為止戰鬥過的任何魔王都還要低上許多。

那個等級就算與勇者隼人的六十九級相比也略遜一籌，不過根據魔王擁有的獨特技能，或許會成為不可輕視的強敵，因此必須去幫助勇者。而對於隨從和夥伴們來說，敵人的實力在她們之上，所以要好好注意。

牠的獨特技能等情報和亞里沙一樣遭到隱藏，並未顯示在地圖情報上，這方面只能從勇者隼人告訴我的魔王情報來進行推測。

「──這樣好嗎？」

「嗯，我會在他快要發現魔王的時候前去支援喔。」

我對亞里沙的提問點了點頭。

我們搭乘沙珈帝國的中型飛空艇，與分配來輔助我們的偵查班以及運輸班一同前往第六魔窟。

「潘德拉剛子爵大人，您打算如何制定探索計畫？」

「首先設立地上據點，之後暫時待命。」

「您說待命是也？」

「你們因為接連的探索積累了不少疲勞，先花個三天左右的時間好好休養吧。」

超過一半的隊員都處於「過度疲勞」的狀態，不能置之不理。

要是讓交給我的人員過勞死，可不是只會睡不好覺啊。

「可是勇者大人交給在下等人的任務，是在子爵大人的指揮下進行探索是也。」

「嗯，我知道。所以這三天就稍微狩獵入口附近數小時路程內出現的沙塵兵和魔物，一邊進行預演。正式調查就等你們休養結束再開始。」

畢竟調查本身在走進洞窟的瞬間就結束了，所以我打算讓夥伴們好好享受修行以及狩獵，而我則趁著那段期間前往精靈村落製作萬靈藥與夥伴們的新公開裝備。

在我和調查隊的隊長——也就是波奇和小玉很中意的那位新陰流真傳弟子卡溫德先生短暫交談過後，最後總算讓他接受了我的方針。

「那麼，我們就稍微進去一下。」

「請別太過勉強。」

我們向有些擔心的卡溫德先生揮了揮手，隨即走進第六魔窟。

接著我立刻使用「探索全地圖」。

——噫！

「怎麼了，主人？」

「看見了什麼？」

亞里沙和蜜雅一臉擔心地抬頭看著啞口無言的我。

「這裡好像有魔王信奉集團『自由之光』的據點。」

依照事前情報，這裡應該只有五大魔窟一半的規模，但實際上在數條隱藏通道前方都存在龐大的空間，也有許多個收到的地圖上不存在的祕密出入口。

隱藏通道前方也存在被魔族附身的成員。由於還有看似祭壇的設施，或許這裡意外地重要也說不定。

會有人行蹤不明或許是因為他們發現了隱藏通道，或者遇見了那些成員也說不定。

「要去消滅他們嗎？」

「還不清楚附身在成員身上的魔族等級，而且還有不少能讓對方逃走的通道，我想等人手足夠之後再去處理。」

雖然也有我獨自一人發動奇襲這個手段，但這裡的「自由之光」成員人數太多，要是在我對付將近一千人的底層成員時讓幹部成員逃掉，可就得不償失了呢。

現在暫時先給等級較高的成員和幹部成員加上標記吧。

「那麼就依照預定，在入口附近狩獵沙塵兵和魔物吧。」

我把第六魔窟的地圖交給亞里沙，並在有隱藏通道的地方做記號，提醒她不要靠近。

「要注意安全喔。」

將在四下無人的地方也能換裝黃金鎧一事告訴她們之後，我向亞里沙借了「魂殼花環」，用單位配置移動到波爾艾南之森。

我直接前往借了就沒還過的托拉札尤亞先生的研究所開始製造萬靈藥，甚至連跟波爾艾南之森的高等精靈——心愛的雅潔小姐卿卿我我的時間都沒有。

由於已經請精靈鍊金術士們協助製作中間素材，這次只剩最終階段。

即使如此也不是一朝一夕就能完成，所以這三天都要過來這裡。

我在精靈工匠們的協助下，利用鍊成萬靈藥的閒暇時間也開始製造夥伴們的新公開裝備。因為只靠白天的調查時間似乎花三天也做不完，我便在大家入睡後的夜裡也持續進行製造工作。

多虧如此，我成功做出幾瓶萬靈藥以及或許該稱為白銀裝備的可愛新裝備。

雖然白銀裝備的性能只有黃金裝備的八成左右，但成功地讓娜娜的裝備搭載了堡壘機能，其他孩子的裝備也搭載了拋棄式的新型防禦盾——方陣。

外觀不像黃金裝備那麼顯眼是一大亮點，後衛也採用與前衛陣容同樣的款式而非裙甲。

畢竟用了奧利哈鋼纖維和大怪魚銀皮纖維的事是騙不了人的。

我將完成的裝備交給大家，隔著屏風問起我不在時發生的事。

「調查的進度如何？」

「雖然打倒了許多魔物，但是對象太弱而沒能提升等級。」

除了沙塵兵，似乎還出現了大蠍、毒蛇、蠕蟲、巨大聖甲蟲，以及木乃伊之類的魔物。

「這麼說來，出現了不少寶物喔。」

「盜賊也是。」

「——盜賊？」

「嗯。因為空間魔法的索敵偵測到了從外面回來的盜賊，所以就把他們制伏，然後交給士兵們了喲。」

這座魔窟似乎很不湊巧地有盜賊的根據地。

雖然不知道他們和「自由之光」有沒有關係，但我也不想刻意盤問，導致「自由之光」的掃蕩作戰洩漏出去。

「得到了非常多財寶，我這麼報告道。」

「樂器和樂譜。」

「雖然也有魔法書，但用的是不認識的語言，所以看不懂。」

亞里沙問了一句：「你看得懂嗎？」我則回答：「大概吧。」

我迅速讀起從屏風另一頭遞過來的魔法書。

「大部分都是巴里恩神國的文字，似乎全都是些初級魔法的書。裡面也有沒見過的魔法以及與希嘉王國不同的魔法理論，下次翻譯給妳看吧。」

要是有能派上用場的東西就走運了。

「鏘鏘～？」

「咻噹喲！」

換完裝備的夥伴們從屏風後面走出來。

看來非常適合大家。

「有點時尚呢。而且輕到一點都不像金屬鎧。」

「可愛～？」

「非常可愛喲！」

「中意。」

「是的，蜜雅。想登錄在書籤裡，我這麼告知道。」

雖然有點在意娜娜的神祕發言，但她們顯然都很喜歡新裝備。

「我真的可以穿這麼瀟灑的鎧甲嗎？」

「莉薩也非常合適喔。」

莉薩和娜娜的裝備與其說可愛，是更加重視女性身材曲線的帥氣裝備。我試著參考了琳格蘭蒂小姐的鎧甲。儘管我的鎧甲也採用相同款式，但胸口是普通鎧甲風格。

「主人的鎧甲也很帥氣呢。要是能常常穿就好了。」

「謝謝。要是遇到了強敵，我會穿的。」

雖然很輕，但高速移動時還是會覺得礙事。縱然透過浮游盾上的迴路製造出輕盈感，不過質量和慣性依然沒有變化。

「主人，新堡壘防禦的障壁很狹窄，我這麼報告道。」

「啟動時障壁是折疊起來的喔。雖然無法移動基準點，但能夠朝上下左右展開。」

我向娜娜說明白銀鎧的性能。

順便一提，一旦展開就無法疊回去，因此必須注意。

「因為性能不如黃金鎧的堡壘，要儘量以折疊的狀態來承受強力攻擊。展開狀態會減少三成，不過折疊狀態的話會增加兩成的強度。」

「是的，主人。已經掌握展開按鈕。接下來進入關閉與開啟模式的熟悉訓練。」

由於娜娜開始測試，我製作完幾隻當成假想敵的魔巨人便離開了。

「我來教大家新裝備的用法吧。方陣是拋棄式的緊急防禦盾。」

我試著只截出堡壘防禦的一部分來增加展開速度。

「一旦發動就會像這樣展開。因為左右稍微有點寬，所以展開方陣的時候記得不要影響到身邊的夥伴。」

接著我嘗試啟動。

「速度挺快的呢。」

「畢竟要用來應付緊急情況，所以我試著將重點放在速度上了。取而代之的是展開時間只有幾秒鐘，因此要注意。」

我回答亞里沙，同時嘗試離開方陣。方陣使用了空間魔法「次元樁」和「隔絕壁」的理論，所以會留在展開的地方。

「因為會變成這樣，所以也要注意脫離時機。」

由於發動會大量消耗聖樹石爐的魔力，因此我事先提醒露露，在使用加速砲砲擊後會暫時無法使用。

「只能連續用兩次。要是用了第三次，迴路就會燒壞，因此要小心。一旦變成那樣，鎧甲的輔助功能也會停止，所以就當作最後的手段吧。」

大家都一臉認真地點點頭。

不過要是有我在，只要用單位配置將她們拉回安全圈內就沒問題了。

接著我將新的公開武器交給夥伴們，但是這只是把她們的公開裝備做成魔劍而已。雖然給莉薩的是一般的「魔槍」多瑪，可是我也將使用「骨頭加工」拉直、用下級龍——迷宮下層的邪龍父子給我的爪子製成的龍爪槍交給她當作備用品。

儘管沒有龍槍那能「貫穿一切」的力量，可是貫穿力比普通的魔槍來得強，因此希望她能靈活使用。

給露露的則是拋棄式的魔力砲和加速砲。由於加速砲只能產生三枚加速魔法陣，遠遠不及能生成超過一百枚加速魔法陣的隱藏裝備加速砲。而魔力砲的威力能夠匹敵軍艦上的小型砲，應該能派上不少用場。

兩種大小都像戰國時代的攜帶式大砲，或許會有點難用也說不定。

「感覺手感比平時要差喲。」

「總會有辦法～？」

「波奇，不可以怪道具，要好好練習到成為身體的一部分為止。」

「好喲！波奇會努力喲！」

受到獸娘們影響，其他孩子也開始測試新裝備。

於是我們的新裝備熟悉訓練就此告一段落，隔天開始和沙珈帝國的調查部隊一起在第六魔窟展開調查。

由於夥伴早就以我的地圖情報當作基礎事先完成調查，因此過程中沒發生什麼事故，進行得非常順利。

與勇者隼人分開之後過了五天，在我們即將發現魔王信奉集團「自由之光」的據點時，聖都的書記官莉洛傳來聯絡。

——勇者發現魔王。

看來掃蕩「自由之光」的作戰要留到解決魔王之後再進行了。

◆

「隼人大人，讓您久等了。」

魔窟深處的中繼基地不僅聚集了勇者隼人一行人與黑騎士等沙珈帝國勢力，還有六名神殿騎士和大量的神官。我們似乎是最後一批。

「佐藤，在這裡。」

在勇者隼人的呼喚下，我也來到攤著地圖的桌子旁參加會議。

魔王所在的大廳有五條通道，每條通道所連接的房間似乎都有魔族附身的大型沙塵兵在鎮守。

根據地圖情報，每個大型沙塵兵都在五十級以上且身上附有魔族。

用迷宮來比喻就是「區域之主」的程度，可以說是有一定實力的強敵。

「我們同時進攻五個地方。為了不讓魔王逃走，必須牽制其他四個地點，由被選上的成員從最大的正面通道突破。」

勇者隼人沿著地圖解釋作戰方式。

「我可是絕對要參與正式作戰喔！」

「聖下有令，要我等參與討伐魔王。我們也希望參與正式作戰。」

黑騎士和神殿騎士團長雙眼充血地向勇者隼人要求。

「琉肯，後方的第三通道交給你；魯德路和卡溫德負責第四通到；莫基里斯大人則是第二通道。」

勇者隼人這麼說完，中繼基地響起憤怒的吶喊聲。

大家似乎都想得到討伐魔王的榮譽。

如果用我過去兩次曾與魔王戰鬥的經驗來說，那只能說是自殺行為。雖然光從等級方面看來，他並不是相當具有實力的強敵。

「知道了。琉肯和莫基里斯大人跟老子一起去，不過條件是你們的部隊要各自負責最初說好的通道。」

「持有聖劍布爾特剛的梅札特也要去！」

「既然如此，還請允許我的部下魯德路也參戰！」

「老子不會再讓步了。如果不願意接受，你們就各自突破負責的通道參與討伐魔王。」

見兩人仍企圖強化自己的勢力，勇者隼人發火了。

不過，明明正準備展開與魔王的激戰，卻為了這種事反覆爭論不休，會生氣也很正常。

「琉肯的空缺由魯德路來填補，代替莫基里斯大人的人還請你自己任命。」

是因為見到勇者隼人發出怒氣的模樣判斷自己該讓步嗎？黑騎士和神殿騎士團長不情不願地接受作戰。

「佐藤，雖然很辛苦，但能把第五通道交給你嗎？」

「好的，我明白了。」

如果可以，我倒是想和勇者隼人同行從旁協助，不過由於不忍心讓他繼續因為人員分配煩心，我便爽快地答應了。

梅莉艾絲特皇女將鈴鐺型的魔法裝置分配給各隊的隊長和副隊長。

似乎是用這個鈴鐺來通知作戰開始和撤退的時機。

在經過簡單測試確認沒有問題之後，各隊依序前往目的地。

一起在第六魔窟調查的成員似乎會繼續跟著我們，只有隊長卡溫德先生被任命負責其他隊伍，所以不在這裡。

『主人，我連接戰術輪話了。真的要進行牽制嗎？』

『不，我希望亞里沙用空間魔法阻止魔王逃走，所以就迅速打倒大型沙塵兵前進喔。』

『那些雜兵的沙塵兵跟班呢？隼人他們抵達魔王所在地之前禁止使用大規模魔法吧？』

要是使用太過華麗的魔法被魔王發現，會讓牠再次逃掉，因此作戰會議時嚴厲禁止這類行為。

勇者隼人會同意黑騎士和神殿騎士團長同行，應該也是因為拒絕的話可能會讓他們急於搶功而擅自行動吧。

『那些由我和偵查隊合力打倒，大家著重在解決大型沙塵兵就行了。』

數量一共有五十隻左右，但只要三分鐘應該就能將其全數殲滅。

雖然追蹤箭能夠一瞬間搞定，不過我使用的「魔法箭」威力過於驚人，導致發出的聲音很大。

我和小玉悄悄地逐步將在通道上徘徊的沙塵兵暗殺掉，在沒有引起騷動的情況下順利抵達第五通道。

雖然魯德路隊有點拖沓，但應該不用一個小時就能做好準備。

我們稍微休息片刻，將溫暖的湯和調理麵包分給大家。

「好吃。」

「果然小露露的料理是最棒的哪。」

「她可是希嘉王國的名譽士爵大人，至少加上『閣下』或『大人』啦。」

面對一邊愉快地享用小吃一邊開玩笑的偵查隊員們，露露帶著笑容說：「叫『小露露』就可以了。」

他們之中沒有取笑露露容貌的無禮之徒，或許是託露露初次見面就用護身術打倒沙塵兵的福也說不定。

「潘德拉剛大人，散發這種氣味不會讓魔物察覺到嗎？」

「沒問題喔，已經請風的小精靈們隱藏氣味了。」

我一這麼告訴感到擔心的偵查隊員，被蜜雅召喚的小型希爾芙就擺出一副在說「完美」的態度，發出風聲作為答覆。

鈴鐺在我們結束短暫休息、檢查完裝備的時候響了起來。

這是「全隊抵達位置，做好準備」的意思。

大家屏住呼吸等待下一個信號。

四周安靜到連呼吸和衣服摩擦聲都覺得很吵，接著第二次的鈴聲響起。

「作戰開始。前方由娜娜打頭陣，偵查隊負責應付小型沙塵兵保護後衛。」

我再次下達作戰指示，同時來到前衛和後衛之間。

今天我的主要武器是紅色的魔弓，箭筒裡裝的是沙珈帝國補給隊給與的優良黑鋼製品。

我打算用它來殲滅中型沙塵兵。

娜娜模仿「塵歸塵，土歸土」的說法大喊。

「沙塵兵們！沙歸沙，魔物歸屍體吧，我這麼告知道！」

受到帶有挑釁技能的話語影響，沙塵兵們全部撲向娜娜。

「首先，解決路上的所有雜兵。」

「收到了喲。」

「系系系～」

獸娘們一邊劈砍或踢飛解決小型沙塵兵，一邊筆直地衝向魔族附身的大型沙塵兵。

而我和露露同時狙擊魔核，擊倒打算阻擋去路的德米巨魔級中型沙塵兵。

亞里沙使出「隔絕壁」阻止湧到娜娜面前的蜥蜴型中型沙塵兵。

「咯呵呵呵呵，看起來很好吃的小鬼焉。」

大型沙塵兵發出令人不悅的叫聲。牠的外表就像蠍子和人類融合一般，和之前戰鬥過的魔族沙塵兵是同類。

「一個大意，火就會轟轟燒喔！」

亞里沙嘴上說著昭和風格的臺詞，同時用豪火彈焚燒大型沙塵兵的臉。

大型沙塵兵感覺好像連忙伸手擋住臉部，因此只對牠造成輕微的傷害，但由於我們的目的是牽制，所以那樣就行了。

「下半身露出破綻了，我這麼忠告道。」

娜娜先是朝大型沙塵兵的胸部下方往上發出盾擊，接著朝後仰的身體施展必殺技「魔刃碎壁」，扯開大型沙塵兵的防禦障壁。

「就算吃波奇也不好吃喲！」

「不可以吃小玉～？」

波奇和小玉巧妙躲過向後仰的大型沙塵兵迫不得已放出的爪擊，直接砍向細長的腳踝。

此時大型沙塵兵從小玉和波奇的死角揮出變成蛇腹一般的尾巴，打算像丸子一般刺穿她們兩人。

「不足為懼～？」

小玉用特技般的動作迴避，並直接用雙劍切斷大型沙塵兵的阿基里斯腱。

儘管失去平衡，閃過小玉的尾巴尖端仍然朝波奇逼近。

「方陣——接下來是『魔刃旋風』喲！」

波奇用新裝備的方陣擋住尾巴，隨後使用瞬動，順著衝刺之勢發出必殺技切斷大型沙塵兵的腳踝。

除此之外，用空步在空中奔馳的莉薩來到大型沙塵兵眼前，用快速發動的螺旋槍擊摧毀位於心臟的魔核。

能見到附身的魔族正準備從如同沙子般瓦解的大型沙塵兵背後逃跑。

「瞄準，射擊！」

露露用金雷狐槍發出雷球彈射穿魔族。

雖然牠仍然頑強地想要逃跑，但第二、第三發雷球彈依序命中，將魔族化為黑色霧氣。

隨後我們將掃蕩雜碎沙塵兵的工作交給蜜雅的小型希爾芙和偵查兵，趕赴勇者隼人正在戰鬥的場所。

◆

「嘎啊嗚嗚嗚嗚啊啊啊啊啊啊！」

爬上通道一端的岩石窺探大窟窿，便能看見怒吼的魔王。

牠的外觀酷似剛才打倒的蠍人型大型沙塵兵。

勇者他們受到不知何時大量出現的沙塵兵妨礙，似乎尚未離開通道。

魔王身邊不斷劈里啪啦地閃爍著光芒。

「哹啊嗚嘎啊咿咿咿咿咿咿咿咿咿！」

——察覺危機。

我抱著波奇和小玉立刻從為了查看內部情況而登上的岩石跳下。

下個瞬間，背後發出驚人的連鎖爆炸聲，帶著臭氧味道的塵煙竄進通道。

「蜜雅！」

我在捂住嘴的同時叫喚蜜雅的名字，風聲便「嗡嗡嗡」地響起，塵煙隨即被吹了出去。

看來蜜雅操縱的小希爾芙們正在操作氣流。

我確認起地圖，發現無數的沙塵兵被一口氣清光，以勇者隼人為首的隨從們正朝魔王跑了過去。

剛才的攻擊似乎是梅莉艾絲特皇女和琳格蘭蒂小姐發出的。

我再次爬上剛才的岩石。

——魔王依然健在。

牠的身體周圍漂浮著由紫金光芒形成、類似巨大鱗片般的東西——「反射光鱗」。

一定是用那招擋住了剛才的魔法攻擊。

「嘎嗚嚕嗚嗚嗚嗚啊啊啊啊啊啊！」

魔王腳下冒出積層型的魔法陣。

「琳！別讓牠逃了！」

「……■魔法破壞！」

跑在勇者隼人身後的琳格蘭蒂小姐一揮下魔法發動體的法杖，伴隨著玻璃碎裂般的聲響，魔法陣遭到破壞。

『亞里沙，妳能從這裡妨礙魔王的轉移嗎？』

『當了個然！就讓你見識空間魔法使小亞里沙的真正本領！』

我把亞里沙拉上岩石，請她使用魔法。

為了擴大效果範圍，我允許她使用隱藏裝備「晶枝法杖」。

『結界已經展開，接著只剩下隼人他們打贏魔王了。』

『謝了，亞里沙。我們就從這裡狩獵魔王的部下吧。』

我也將蜜雅和露露兩人叫了過來，開始狩獵妨礙勇者隼人他們的大型沙塵兵。

「Great～？」

「露絲絲和菲菲也非常非常強喲！」

當我們用遠程武器和魔法狩獵大型沙塵兵的時候，被挑起興趣的小玉和波奇爬上岩石。

身後還跟著莉薩和娜娜。

「不愧是沙珈帝國的勇者大人，實力凌駕於其他人呢。想要貫穿他的防禦看來很難。」

「是的，莉薩。要擋下他的攻擊極為困難，我這麼評價道。」

——喂喂喂。

為什麼要以跟勇者戰鬥當作前提觀戰啊。

「主人，勇者大人他——」

我因為露露的聲音轉回視線，發現勇者他們和魔王開始近距離戰鬥。

那個散發紫金光芒的反射光鱗輕易地反彈了露絲絲和菲菲的攻擊，就連勇者透過獨特技能「最強之矛」和聖句強化過的聖劍阿隆戴特都能擋下。

雖然勇者的聖劍能夠貫穿幾枚反射光鱗，卻無法觸及魔王本身。

梅莉艾絲特皇女和琳格蘭蒂小姐施展的單體攻擊魔法也遭到反射。

就連弓箭手薇雅莉瞄準反射光鱗縫隙射出的箭，也被守在魔王周身類似沙塵暴的障壁給擋住。

「牠是個防禦特化的魔王嗎？」

「不，那好像是攻防一體的招式。」

進行突擊的黑騎士和神殿騎士團長兩人遭受反射光鱗的洗禮，盾和部分的鎧甲被切斷。

「蹦蹦跳喲。」

「很難迴避的樣子～？」

「用方陣擋得住嗎？」

「我想大概能防住一兩次攻擊吧。」

從神殿騎士團長鎧甲被切開的感覺看來，大概就是這種程度。

——噫！

露絲絲因為想協助兩人太過靠近，腳被反射光鱗切斷，前去救出露絲絲的菲菲鎧甲也被劃出一道裂痕。

「好痛的樣子～」

「急救隊登場喲！」

「慢著，她們有優秀的神官在。」

莉薩制止戴上急救隊臂章，正打算衝出去的小玉和波奇。

菲菲扶著露絲絲開始後退。

「雖然想支援，但是總覺得能穿透光鱗擊中魔王的威力，應該也會打傷隼人他們。」

「不過倒是有破綻喔。」

在露絲絲和菲菲回來之前，就進行援護避免勇者隼人遭到集中攻擊吧。

我嘗試用魔弓狙擊魔王。

「射中了。」

「不愧是主人，真虧你能準確射中呢。」

蜜雅一臉興奮地仰望我，亞里沙則語帶嘲弄說。

「雖然似乎沒造成多少傷害，但可以騷擾魔王吧？」

攻擊幾次之後，可以看見神官蘿蕾雅發動神聖魔法。

腳恢復的露絲絲和治好重傷的菲菲回到戰場。

「神官真厲害。」

「能匹敵上級魔法藥的恢復力呢。」

此時見到神官蘿蕾雅開始下一個詠唱。

因為神聖魔法的詠唱時間很長，因此得預測必要的魔法事先進行詠唱。

「主人，有沙塵兵從其他通道趕來支援，我這麼報告道。」

「好，看守通道出口的事交給偵查隊，我們去狩獵沙塵兵嘍。」

聽到我這麼宣言，夥伴們用充滿精神的聲音做出回應後衝了出去。

當我和夥伴們邊移動邊狩獵沙塵兵時，神殿騎士們以驚人的速度穿過我們身邊。他們似乎不打算解決沙塵兵去協助勇者，而是選擇參與討伐魔王。

「真是的。別把事情丟給別人，至少解決自己負責的沙塵兵再走啊。」

「同感。」

亞里沙和蜜雅抱怨起神殿騎士。

神殿騎士們紛紛報上名號衝向魔王，與黑騎士互相牽制的神殿騎士團長也和他們一同朝魔王進行突擊。

「比起那個，再不搞定的話，沙塵兵就要跑到隼人他們那裡去嘍。」

「說得也是呢。」

正當我們這麼說且移回目光的時候，後方傳來低沉的慘叫聲。

——噫！

神殿騎士團長被砍成兩半。

雖然使用聖劍布爾特剛的神殿騎士平安無事，但其他四名神殿騎士都身負身體被撕裂的重傷。

本想趁機逼近魔王的黑騎士見狀連忙拉開距離。

「我稍微去幫個忙。」

我這麼說完便衝了出去。

「嗎啊啊嗚噫呀啊啊啊啊啊啊哆嗚啊啊啊啊啊啊！」

魔王俯瞰被一分為二的神殿騎士團長，發出暗紫色的光芒仰天怒吼。

「——閃光螺旋刺！」

勇者隼人手握發出藍色光輝的聖劍阿隆戴特逼近滿是破綻的魔王身體。

在劍刃即將碰到魔王的身體前，牠宛如幻象般消失蹤影。

『騙人。』

『牠突破亞里沙的轉移阻礙了嗎……』

『不，那不是轉移魔法。牠是用某種其他方法消失的喔。』

『其他方法——獨特技能嗎？』

『嗯，大概吧。感覺和主人的獨特技能很像。』

我試著用單位配置側移一公分左右，結果毫無問題地成功轉移。由於完全沒有被干涉的感覺，因此亞里沙的想法很有可能是正確的。

『又回到起點了呢。得重新找到魔王才行。』

『是啊。不過還是先做好魔王的逃亡對策比較——』

我在說話的同時透過地圖的標記清單確認魔王的現在位置。

……真的假的。

『怎麼了？』

『我知道魔王的所在地了。就是我們去調查的第六魔窟隱藏區域。』

『隱藏區域，那不就是「自由之光」的基地？』

我對亞里沙點了點頭。

要是魔王用轉移逃跑的地點是固定在基地裡的話，事情就簡單了呢。

魔王的逆襲

「我是佐藤。任何人都有珍惜的事物，我小時候曾在貼上色紙的小盒子中，收集過橡子和蟬殼之類的東西。即使在大人眼裡是垃圾，對當時的我來說也是重要的寶物。」

「雲下面。」

「可以看到聖都，我這麼報告道。」

從展望窗向外看的蜜雅和娜娜報告。

被魔王逃掉之後，我們為了報告神殿騎士團長的死訊返回聖都。

次元潛航船朱爾凡爾納穿過稀薄的雲層降下高度。聖都城郊似乎設有停機場。

「原來巴里恩神國也有飛空艇啊。」

「與希嘉王國和沙珈帝國的飛空艇不同，外形很獨特吧？」

「唔呵呵，看起來就像陶偶，很可愛。」

亞里沙用有點做作的語氣加入我和勇者隼人的對話。

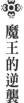

這是在孚魯帝國時代的遺物，也就是繩文土器風格的船體上，將帆船的船桅打造成翅膀的形狀。停機場碼頭一共拴著四艘船，人們似乎正在將物資搬到雙體型的中型飛空艇上。

我們遵從地上揮旗工作人員的指引讓朱爾凡爾納靠近碼頭，四名神殿騎士從艙門將神殿騎士團長的遺體搬了出去。

以黑騎士為首的剩餘人員則預定徒步走回地上，再各自搭乘飛空艇返回聖都。

或許是事先聯絡過，神殿騎士們和神官們排著隊伍迎接遺體。

並且不停敲響看似鑼一般的樂器。這大概是這個國家的葬鐘吧。

「隼人大人，歡迎回來。」

書記官莉洛出來迎接，我們也跟著勇者隼人下船。

全員下船後，弓箭手薇雅莉將「神授護符」握在手上不知在做什麼。只見次元潛航船朱爾凡爾納發出高頻的驅動聲，接著半空中閃爍潛入水中般的波紋，船體隨即沒入了亞空間。

不需要留人在船上看守，或許還挺方便的。

「莉洛，老子不在的期間有什麼反常的事發生嗎？」

「——沒有，什麼都沒發生。」

書記官莉洛瞬間有些遲疑地回答。

「這樣啊。如果處理不來的話告訴我。」

勇者隼人注視著書記官莉洛的眼睛，隨後悄聲對她這麼說完便走了過去。

書記官莉洛變得滿臉通紅。她似乎愛慕著勇者隼人。

「——先回館內思考接下來的魔王對策嘍。」

「好的，隼人大人。」

書記官莉洛把文件抱在胸前朝勇者追了過去。

我們也跟著他們走向位於碼頭深處的大廳。

「——噫，又是那個找碴混蛋。」

「這個閒人，竟然特意跑到停機場來找碴。」

身穿高級服飾的樞機卿正在前方等待。

那些跟班的高級神官也待在一起。

「妳們兩個，對方是巴里恩神國的樞機卿。說這種話會對隼人不利，控制好自己不謹慎的發言。」

梅莉艾絲特皇女這麼對露絲絲和菲菲囑咐，隨即前去協助正被樞機卿找碴的勇者隼人。

「竟然又再次被魔王逃掉了——明明投入如此龐大的軍隊和物資，甚至還讓聖堂最強的騎士莫基里斯團長犧牲，居然還能恬不知恥地回來。看來勇者這種生物的臉皮還真是有夠厚的呢。」

與其說是找碴，不如說是斥責。

「呿，明明是自己從魔王的背後砍去，卻被魔王一擊幹掉的傢伙關我們什麼事。」

「我們早就報告過那個光鱗很不妙了吧。」

「妳們兩個，還不住口。」

梅莉艾絲特皇女責備口不擇言的露絲絲和菲菲。

「沒錯，即使那是事實，也不該對死者落井下石。」

「是團長運氣不好喔。畢竟其他神殿騎士都好端端地活了下來。」

弓箭手薇雅莉和琳格蘭蒂小姐說出不像幫腔的幫腔。看來她們也因為勇者隼人遭到斥責而動怒。

「哼，管教隨從可是主人的義務喔。」

聽見隨從們口無遮攔的話，樞機卿一臉不悅地瞪著勇者隼人。

「我對莫基里斯大人的死深感懊悔。不過，和魔王戰鬥總是九死一生。既然參與了作戰，就希望他抱著必死的覺悟。」

勇者隼人表情真摯地對樞機卿說。

「就算那邊的拖油瓶以及閣下的同伴沒有任何傷亡也是？」

拖油瓶是指我們嗎？

不過我很清楚我們的外表不太可靠，還是直接無視吧。

「只是因為蘿蕾雅的神聖魔法很優秀才能平安無事地回到這裡。要是治癒不及，連老子咱們都會有危險，我認為樞機卿應該也很清楚這點才是？」

畢竟在上一次魔王戰時，勇者隼人也因為詛咒而陷入危機嘛。

「哼，希望你們不是因為倖存下來就洋洋得意，而是差不多該澈底討伐魔王了。」

眼看形勢不妙，樞機卿嘴硬地說了句諷刺的話就離開了。

「畢竟魔王是害怕隼人才逃走的，有什麼辦法啊？」

「就是啊。一旦危險就會逃走，真難對付耶。」

——危險？

雖說轉移的時機是在即將承受勇者隼人的必殺技之前，但現在回想起來，感覺魔王似乎不在乎那記攻擊。

魔王不僅處於優勢，也輕而易舉地解決了前來支援的神殿騎士們，那麼讓牠決定逃跑的理由究竟是什麼呢？

「話說回來，牠腳下的居然不是用來逃走的魔法陣，真是大受打擊。」

「會不會是無詠唱使用了空間魔法呢？」

『主人，可以把魔王的逃跑手段不是空間魔法的事告訴他們嗎？』

『雖然可以，但有辦法不提到亞里沙的空間魔法說服她們嗎？』

『這方面我有個點子，沒問題喲。』

亞里沙用空間魔法「遠話」向我徵求許可。

她看起來好像很有信心，於是我決定交給她。

「梅莉艾絲特大人，能稍微聊一下嗎？」

「有什麼事嗎？」

「魔王的逃跑手段不是空間魔法。」

「妳怎麼知道？」

「因為沒有空間魔法轉移時產生的空間晃動。」

「晃動？小甜心能看得出來嗎？」

露絲絲和菲菲似乎無法接受。

「雖然我看不出來，但我的姊姊露露能夠看出空氣的些微晃動。」

「原來如此，露露能看見也不奇怪。」

弓箭手薇雅莉露出心服口服的表情點了點頭。

「啊～就是那個讓雷球彈打中的孩子吧。可是，如果不是空間魔法，那麼到底是怎麼做到的？」

「我認為可能是魔王的獨特技能。」

「也就是說，魔法破壞無法阻止呢。」

「得從頭改變策略才行。」

「必須看破逃跑的徵兆，或是確定逃跑位置先行埋伏，無論哪種方式似乎都需要仰賴巴里恩神國和沙珈帝國的協助。」

勇者隼人統合隨從們的意見，說了句：「謝了，甜心。」向亞里沙道謝。

「徵兆啊——話說回來，魔王為什麼要逃走呢～」

「喵？」

「很奇怪喲？」

聽見斥候賽娜的牢騷，小玉和波奇一臉不解地仰望她。

「小不點知道嗎？」

「是喲。」

「魔王的人討厭戰鬥～？」

小玉和波奇回答。

「啥？怎麼可能有那種事啊～」

「牠可是興高采烈地把團長劈成兩半了耶。」

「而且在我們來之前，牠似乎派出沙塵兵襲擊村落了喔？」

斥候賽娜、露絲絲與菲菲紛紛提出反駁。

「可是，魔王的人在害怕喲？」

「為什麼會這麼想？」

「牠說了『滾開』和『別過來』之類的話～？」

「打倒團長的人的時候，也是大喊著『受夠了』逃掉了喲。」

小玉和波奇回答勇者隼人的提問。

聽了這些話的勇者一行人面面相覷。

「主人，你聽起來像那樣嗎？」

「沒有，我以為只是單純的咆哮，沒有仔細聽。」

下次遇到時試著仔細聽聽看吧。

畢竟搞不好，可以避開戰鬥和魔王和解呢。

◆

正當我思考這些事情的時候，小玉和波奇忽然仰望天空。

「喵～？」

「遠方傳來鐘聲喲。」

我模仿小玉和波奇側耳傾聽，的確聽見類似警鐘的聲音。

「主人！不好了！大聖堂那邊！」

聽到露露的話抬起頭來，才發現聖都中央的大聖堂屋頂破碎，裡面冒出了黑煙。

「是魔王！」

勇者啟動飛翔鞋，朝聖堂飛了過去。

確認地圖之後，發現大聖堂裡有魔王的標記。

我下意識地想跑過去，琳格蘭蒂小姐卻抓住我的手腕制止我。

「慢著！用跑的是不可能追上的！」

琳格蘭蒂小姐向弓箭手薇雅莉抬了抬下頜。

在舉起神授護符的弓箭手薇雅莉身邊，次元潛航船朱爾凡爾納伴隨著撥開水面般的特效從亞空間冒了出來。

朱爾凡爾納的上甲板才剛出現，露絲絲和菲菲就跳了上去，琳格蘭蒂小姐也跟著她們。

當我接著她們跳上去之後，獸娘們和娜娜也登上甲板。

其他成員則從艙門衝進船內。

儘管差點被猛然加速的朱爾凡爾納甩下，我依然抓住甲板的扶手，用「理力之手」支撐夥伴們。

可以看見勇者隼人在以驚人速度飛行的朱爾凡爾納前方。

「隼人！」

琳格蘭蒂小姐朝勇者隼人逐漸逼近的背影大喊。

她抓住勇者伸出的手臂，雖然差點因為慣性被拉下船，但在大家的支持下將他拉進朱爾凡爾納。

朱爾凡爾納毫不減速，筆直地飛向大聖堂。

我為了弄清楚狀況，發動空間魔法「眺望」俯瞰魔王的周圍。

魔王和受到神殿騎士們保護的法皇正待在屍橫遍野的房間內。

牠朝著法皇伸出手。

三枚反射光鱗發動的連續攻擊摧毀了看似由都市核產生的藍色障壁，打算守護法皇而上前的神殿騎士也被魔王打飛。

因為緊急煞車而差點摔下甲板的我，在獸娘們的攙扶下重新站穩。

大聖堂屋頂被打破的大洞就在眼前。

我跟著勇者隼人跳進洞中。

我們到達札札里斯法皇所在的房間——「天空之間」的時候千鈞一髮。

如果不是這麼匆忙，就能盡情欣賞那面能夠眺望天空的玻璃橢圓屋頂，以及用彩繪玻璃所製成、宛如長條狀剪貼畫般的神話故事了。

「咕啊啊啊啊啊啊啊啊嘶嗚咿咿咿咿咿咿咿咿咿咿！」

魔王發出咆哮。

牠伸手打算抓住法皇，卻被四面八方伸來的影之觸手纏住阻止了。

——非常像影魔法的「影束縛」。

「魔王啊！趕緊離去！」

「此乃侍奉巴里恩神的聖人居所！不是你這種傢伙能來的地方！」

衝進房裡的人是賢者，以及使用聖劍的神殿騎士梅札特。

剛才的影觸手肯定是賢者的魔法。

「這下可省下了找你的工夫啊。」

勇者隼人來到能夠保護法皇的位置，全身冒出藍光架起聖盾。

他一定是發動了獨特技能「無敵之盾」吧。

露絲絲與菲菲兩人為了切斷魔王的退路擋在後方。

「魔王有六十二級，無法看出技能。魔王就交給勇者大人對付，神殿騎士團則負責保護聖下！」

賢者把札札里斯法皇護在身後，向周圍的神殿騎士們下令。

「用不著你說。」

原以為他會開口抱怨，但神殿騎士梅札特老實地站在能保護法皇的位置。

法皇在神殿騎士們和賢者的保護下，開始詠唱起我沒聽過的神聖魔法。從魔力的提升幅度看來，那應該是上級魔法或者禁咒吧。

「隼人大人，我來掩護。」

我拔出妖精劍站在勇者斜後方，娜娜和獸娘們也進入備戰態勢站在我的左右兩側。我已經事先吩咐她們只能進行牽制了。

「佐藤，不要勉強。對手可是魔王。」

「我很清楚自己的斤兩。我會澈底輔助隼人大人。」

今天的主角是勇者隼人。

「唔嗚咦咦咦咦咦咦嗯嘎唷嗚嗚嗚嗚嗚嗚嗚嗚噢噢噢噢！」

魔王像是打算威嚇勇者似的再次發出咆哮。

暗紫色的波紋一覆蓋住魔王的身體，反射光鱗隨即出現，將地板和家具砍得七零八落。

本想從後方攻擊魔王的露絲絲和菲菲見狀便拉開距離。

魔王的攻擊看起來像是在牽制那兩人，不過給人的印象卻像是小孩子在發脾氣。

「牠在說『玩偶』喲。」

波奇翻譯魔王的語言。

「咕哇嘶嗚嗚咿咿咿咿咿咿咿咿咿咿咿！」

魔王扭轉身體，揮出蛇腹般的尾巴想把我們全部掃飛出去。

「堡壘——」

面對魔王這記在極近距離發出、速度出乎意料的攻擊，娜娜來不及發動「堡壘防禦」。

於是我用縮地橫向移動，將魔力鎧集中在腳上施加保護，將那看起來會很痛的蛇腹尾巴踢了上去。

尾巴近距離擦過我的頭髮，打碎掀飛了身高較高的神殿騎士頭盔前端的裝飾品。

此時法皇的上級魔法發動。看來似乎是全體強化型的支援魔法。

「魔王剛才說了什麼？」

我向緊趴在地上的小玉和波奇詢問魔王話中的意思。

「牠說『讓我吃』～？」

「不是喲。剛才是說『還給我』喲！」

連在一起就是「玩偶還給我」嗎？

「——玩偶？難不成！」

賢者一副想到什麼的表情回頭看著法皇。

魔王的爪子被隼人的聖盾以及娜娜發動的未展開版堡壘防禦的大盾擋了下來。

莉薩擋開收回的尾巴前端，波奇和小玉則用方陣迎擊試圖斬斷莉薩的反射光鱗。亞里沙也悄悄地用空間魔法「隔絕壁」支援兩人。

我從側面踢飛反彈回來的反射光鱗讓其遠離。

從被我踢飛也沒受損的情況看來，似乎具備了與娜娜的堡壘防禦差不多的防禦力。

「唔姆姆～」

「很**棘手**喲。」

雖然勇者一行人和獸娘們拚命地攻擊魔王，卻受到魔王的爪子和尾巴，尤其是攻防一體的反射光鱗阻礙，無法造成有效攻擊。

不過畢竟是在沒有施加多少支援魔法的情況下展開，同時必須保護後方法皇的遭遇戰，這也是沒辦法的事。

雖然露露和蜜雅都跟著梅莉艾絲特皇女和琳格蘭蒂小姐一同從後方攻擊，但遲遲無法突破自動防御的反射光鱗保護。

「聖下！您是否曾從某人手中收過玩偶？您對**用草編織的玩偶**有印象嗎？」

「喔，那個的話，就放在那邊的架子上。」

因為我正集中精神對付魔王所以沒仔細聽，但後方的賢者和法皇似乎在交談著什麼。

「■■■……」

此時賢者突然放棄保護法皇，跑向房間一角的壁櫥。能聽見些微的詠唱聲。

他毫不遲疑地敲碎玻璃門，高舉從中取出的類似玩偶的東西大喊：「魔王！」

「咿嗚咦咦咦咦咦咦嗯嘎欸唷嗚嗚嗚嗚嗚嗚嗚噢噢噢噢噢！」

魔王丟下之前執著追逐的法皇，朝賢者衝了過去。

「想要這個就接好了！」

「咿嗚咦咦咦咦咦咦嗯嘎欸唷嗚嗚嗚嗚嗚嗚嗚噢噢噢噢噢！」

牠追著在空中劃出拋物線的玩偶跳了起來。

「——影之牢獄。」

賢者發動預留的影魔法。

魔王映照在地上的影子伸出漆黑的觸手抓住了牠，蠢蠢欲動地試圖將其拖進影子之中。

「咕啊呃呃呃呃庫咦咦咦咕啊啊啊！」

魔王像是要保護玩偶，將其抱在腹部。

牠絲毫沒有抵抗似的被拖進影子之中——消失了。

「抓住牠了嗎！」

「沒有，被牠逃走了。雖然難以置信，但是牠在千鈞一髮之際轉移了。只能說真不愧是魔王吧。」

賢者面對勇者隼人的提問搖了搖頭。

我打開地圖，確認魔王的現在位置。

——很好。

魔王和上次逃跑時一樣在第六魔窟。

雖說只是第二次，但基本上已經能當作魔王逃跑的轉移地點是第六魔窟了吧。之後再告訴勇者隼人來構思作戰計畫吧。

「喵～影子是影子～？」

我關閉地圖朝說話聲方向看去，發現小玉正不斷觸摸魔王消失後留下影子的地方。

她似乎覺得影子能自由行動很不可思議。

「聖下！聖下您沒事吧！」

神官們從入口處湧進房間。

「讓你們擔心了，我沒事喔。」

法皇告知擔心的神官們自己平安無事，並向拚命守護自己的人們說出感謝的話語。

「聖下，您是從什麼人手中得到那個玩偶的？」

「賢者大人！聖下已經很累了，有問題請在明天中午之後再說！」

像是侍從的神官義正嚴詞地打斷賢者的提問。

「等一下。」

法皇制止侍從神官並轉過頭來。

「索利傑羅，你這個問題很重要嗎？」

「是的。有可能是某個人試圖利用魔王殺害聖下。」

「那個玩偶是在今天的『治癒儀式』結束後，從一名少年手中得到的。那名少年內心並不像隱藏著想要殺人的邪念喔。」

「聖下慧眼，實在佩服。那位少年恐怕只是被幕後黑手利用了吧。」

「那就不好了呢。只要詢問負責人，或許就能知曉少年的身分。索利傑羅，雖然很抱歉，但為了不讓我們大人的事情造成他的麻煩，能請你跑一趟嗎？」

「遵命。」

賢者向法皇深深行了個臣下之禮。

等法皇前往其他房間之後，賢者低聲詠唱並悄然沉入影子裡消失無蹤。那大概是影魔法「影渡」。

他肯定是去保護剛才所說的那位少年了。

我的腦海中閃過萊特少年的身影，不過他再怎麼說也不會是他們口中的少年才對。

「喵！」

小玉不斷撫摸賢者消失的影子。

似乎有什麼觸動了小玉的心弦。

她嘴上說著「潛不進去～？」，將臉貼在地上，深深地皺起眉頭。如果是才能出眾的小玉，或許不久之後就能用忍術潛入影子裡吧。

由於離開時勇者隼人被高級神官逮住開始了商談，於是我們決定在「天空之間」的角落等待。這裡的彩色玻璃很有看頭，所以能一直等下去。

「魔王的人非常非常強喲。」

「反省～？」

「是啊，感覺被迫認知到自己有多麼不成熟。」

「是的，莉薩。再次認識到不能仰賴防具的性能，我這麼告知道。」

前衛陣容似乎透過與實力高於自己的魔王直接對決，產生了各式各樣的想法。

看來經歷死鬥後有所收穫，就算沒有打倒魔王，夥伴們的經驗值計量表也明顯增加了。

「下級魔法不斷被消除，中級魔法也會被光鱗反射所以行不通。從小梅莉的攻擊看來，如果是單體攻擊，就連上級魔法似乎也會遭到反彈。」

「禁咒。」

「嗯，我想那個應該能夠摧毀光鱗，但禁咒似乎威力強大且效果範圍寬廣，恐怕會波及自己人。」

我曾經將在王城禁書庫中得到的禁咒教給蜜雅和亞里沙。

「禁咒應該還沒使用過吧？」

「嗯，因為咒文太長，還沒有信心能完美詠唱。」

「詠唱失敗，危險。」

蜜雅用雙手的食指在嘴前做出交叉的手勢。

「必須在魔王戰前練到完美才行呢。」

「嗯，特訓。」

亞里沙和蜜雅互看一眼點了點頭。

「露露覺得怎麼樣？」

「光鱗的移動太快，想用金雷狐槍和火杖槍瞄準縫隙感覺十分困難。雖然我認為光線槍應該能夠射中，但是感覺會被沙的防禦膜抵擋下來。」

「感覺用加速砲就有機會？」

「嗯，只要能預判光鱗的移動規律，應該就沒問題。」

露露點頭肯定亞里沙的問題。

我先給了露露許可：如果面臨與魔王一對一的情況，我允許使用拋棄式的加速砲。

正式版的加速砲在進行射擊步驟時，身體會被固定住而無法採取回避行動，因此我早已禁止她使用存在反射光鱗這種危險的攻擊手段。

「佐藤，今天就暫時解散。」

結束與高級神殿騎士談話的勇者隼人回到這裡。

「你們經過連戰應該也累了吧？好好休息養精蓄銳吧。」

雖然這樣也不錯，但在休息之前有件事必須告訴他。

「隼人大人，請借一步說話——」

我向勇者隼人傳達某項情報。

「——這是真的嗎？」

「是的，我在第六魔窟見到了。」

我凝視勇者隼人半信半疑的雙眼，在詐術技能幫助下語氣真摯地說。

「知道了，老子會儘早實行作戰。」

太好了，看來他相信我說的話。

「讓你來幫忙真是太好了。」

面對勇者隼人伸出的拳頭，我也出拳輕碰回應他。

幕間：在黑暗深處

「魔王大人，不帶部下獨自強襲實在太無謀了焉。」

在魔窟深處，蹲在祭壇上的魔王身邊，有隻深綠色的上級魔族正毫無顧忌地翹著二郎腿，絲毫沒有敬意地這麼叮嚀。

不過，魔王似乎沒有把上級魔族的話聽進去。

「哅嗚咦咦咦咦咦咦嗯嘎唷嗚嗚嗚嗚嗚嗚嗚嗚噢噢噢噢噢！」

牠的臉正不斷蹭著用草編織而成的破爛玩偶。

直到剛剛都沒有任何人在的陰影中，出現了一個男人。

「綠大人，沙塵王陛下的情況怎麼樣了？」

「魔王大人就如你所見得那樣焉。」

上級魔族靈巧地聳了聳自己的兩對肩膀。

「畢竟是死去女兒的遺物，對沙塵王來說很重要吧。」

「——死去？是**殺死**才對吧焉？」

「啊啊啊啊啊啊啊啊啊啊啊修菈嗚噢噢噢噢噢噢噢噢！」

聽到「殺死」這個詞彙，魔王發出慘叫。

上級魔族一邊將手指當成耳栓摀住耳朵，一邊從宛如新月般揚起的嘴角伸出像蛇一樣的舌頭舔了舔，彷彿在享受這股扭曲的愉悅感。

「雖然**這樣**也挺愉快的焉，不過想對付勇者還是有點不放心呢焉。」

雙手抱胸的上級魔族神經兮兮地晃了晃腳。

「沙塵王的工作不是擔任勇者的對手。」

「是這樣嗎焉？我希望**魔王陛下**虐殺人類，藉此散播美味的不幸、詛咒和鬥爭呢焉。」

「綠大人的嗜好姑且不論，陛下有自己的目的。」

「你說『陛下的』目的嗎焉……」

是你的目的才對吧——面對上級魔族的言外之意，男人沉默不語。

「我建議你去對**聖女**大人說，重新注入新的容器比較好喔焉。」

上級魔族對聖女這個詞加重語氣，伸長脖子在男人耳邊悄悄地說。

「若是做得到，就不用這麼辛苦了。」

男人似乎也覺得魔王十分不爭氣。

「為什麼焉？只要成為聖女大人的眷屬，接下來只要『主人的碎片』轉移到別的容器上就行了吧焉？」

「就是因為無法眷屬化啊。假冒的強制對成為魔王的沙塵王不管用，頂多只能利用已經成功束縛的強制和迷魂來增強魔王軍。」

「『增強』嗎焉——」

上級魔族得意地揚起嘴角。

就像在對這個男人說，我已經看穿你所謂的「增強」只不過是場面話罷了。

「既然要增強，那麼增加『魔王』如何焉？趁還是**蛋**的時候拿出『碎片』，再植入殘暴的犯罪者體內加以孵化焉。」

濃稠的唾液從牠嘴裡流了出來，酸性的水滴融化了地板。

「肯定會充滿這個世上無法想像的美味喔焉。」

「遺憾的是，『紫髮』並非隨處可見。儘管我找遍鄰國，也只得到一個新品。寄宿在碎片上的『權能』也不適合戰鬥。」

「是那個嗎焉……受到人們敬愛的聖者在大眾面前變成魔王。這可是罕見的美妙場面焉。光是想像，口水就流個不停焉。」

「那是最終手段，不能隨便使用。」

「那真是可惜焉……沒辦法焉，我就去找新的蛋吧焉。在那之前要是能替我保留愉快的宴會，我會很高興的焉。」

「綠大人，在您出發前，我想借用您的眷屬。」

「沒問題焉。畢竟在回來之前魔王陛下被討伐的話，可就掃興了焉。」

上級魔族手臂一揮，祭壇大廳便冒出數個不祥的魔法陣，召喚出大小不同的各種魔族。

雖然大多是下級魔族，但中級的也不少。其中似乎還有接近上級的中級魔族。

「綠大人，非常感——」

「光靠這個有點不放心呢焉。」

上級魔族打斷男人的話，從亞空間拿出「黑色魔核」。

「——綠大人，那個是！」

他無視慌張的男人，隨手把黑色魔核丟向魔王。

「咿特噢噢噢唏咦咦咦咦唏——」

從魔核延伸出來的黑色瘴氣絲線束縛住魔王，劃開牠的表皮鑽了進去。

「——咕噢噢噢噢噢噢噢！」

魔王發出慘叫，掙扎著想要扯掉絲線，絲線卻穿過手指鑽進牠的身體深處。令人作嘔的咀嚼聲和宛如靈魂被撕裂的慘叫聲響徹整座大廳。

之前非常珍惜的玩偶在因疼痛而失控的魔王手中被壓扁，捆綁著草的布破裂。

那不堪入目的模樣映入魔王的眼簾。

「啊啊啊啊啊啊啊啊啊啊修菈嘎噢噢噢噢噢噢噢噢！」

上級魔族一臉愉悅地俯瞰發出悔恨慘叫的魔王。

最後，魔王那沙色外皮下的紫色皮膚遭到瘴氣汙染，變成宛如焦油般漆黑黏稠的模樣。

「緣大人……」

「怎麼了焉？這樣魔王陛下就會變得比之前強好幾倍焉。一想到勇者和英雄們被獲得魔神大人加護的魔王陛下慘殺的場面，我就受不了焉。」

上級魔族對男人的抗議無動於衷，與魔族部下們跳起舞。

當然，男人也知道魔王變強了。

但是因為這個緣故，男人想藉由操控魔王解開「魔神牢」封印的目的受到了阻礙。

「不用擔心焉。即使魔王陛下被打敗，到時候在牠體內**孕育**的『汙穢』也會充滿魔神牢，轉眼間就能讓牢中沉入舒適的瘴氣深淵喲焉。」

「緣大人，您說的是真的嗎？」

男人看向上級魔族。

「當然了焉。不過，由於自我意識已經完全被『汙穢』吞噬焉，儘快將牠送到接近封印的地方比較好喔焉？」

「知道了，就由我送過去吧。」

「非常好焉。你們可要努力守護魔王陛下喔焉。」

綠色上級魔族對魔族的眷屬這麼下令，隨即變成深綠色的飛龍飛離現場。

討伐作戰

「我是佐藤。在推理小說中，開頭登場的可疑人物大多是用來誤導的。不過，如果不是推理小說，大多時候那個人就是犯人呢。」

「知道魔王逃跑的地方了？真的嗎，佐藤？」

我將事情告訴勇者隼人之後，隨即前往次元潛航船朱爾凡爾納的會議室與勇者一行人見面。當然，夥伴們也在一起。

「是的。我們在負責探索的第六魔窟深處發現隱藏通道，並查出通道深處是魔王信奉集團的據點，在那裡聽到了他們的對話。他們說：『勇者他們又去魔王大人那裡找死了。』『既然如此，先整理好祭壇以備魔王大人隨時歸來。』」

為了讓魔王的轉移地點就在第六魔窟這個情報更有說服力，我在詐術技能的幫助下編造一些內容。

實際上我是用地圖確認附上標記的魔王所在位置才發現到這件事。不過要在不公開獨特技能的情況下進行說明相當困難，因此才編造了這樣的經歷。

「難不成，刻意說要借用朱爾凡爾納的會議室是因為——」

我對梅莉艾絲特皇女的話語點頭表示認同。

「原來如此，是這麼回事啊……有點麻煩呢。」

琳格蘭蒂小姐似乎也察覺到我的意圖。

其他隨從和夥伴們也露出理解的表情。

「是怎麼回事啊？」

「我怎麼知道～啦。」

露絲絲和菲菲抱怨起來。

「聽不懂的人只有兩個。」

弓箭手薇雅莉一臉傻眼地說。

「咦？不會吧？」

「真的假的？」

「波奇也不知道喲。」

「小玉也不懂～？」

波奇和小玉明明表示了同樣的意見，露絲絲和菲菲卻顯得更受打擊。

「佐藤懷疑巴里恩神國裡有魔王的間諜喔。」

「原來如此，是這件事啊。」

「我知道。是真的知道喔。」

「小玉不知道～？」

「波奇也不知道喲！菲菲很厲害喲！」

被小玉和波奇稱讚的菲菲事到如今無法說自己是不懂裝懂，露出尷尬的表情。

「佐藤，我有問題。」

弓箭手薇雅莉舉起手。

「整理祭壇以備魔王隨時歸來的確能當作是在準備轉移地點，但也必須去確認事情的真偽才行吧？」

「沒錯。」

我對弓箭手薇雅莉的提問點了點頭。

「為此，我安排了專門調查的部下進行監視。」

「你有這方面的人手嗎？」

「是的。雖然他因為非常害怕出現在他人面前而無法介紹給各位，但他躲藏的本領我可以保證。」

由於勇者隼人插了嘴，我藉助詐術技能捏造說法。

「那個人傳來報告，說在魔窟及『天空之間』的戰鬥過後，魔王似乎轉移到剛才說的祭壇去了。」

「真的嗎！」

「是的，不會有錯。」

「終於抓到魔王的尾巴了。」

當我回答露絲絲的問題之後，菲菲像勇者隼人一樣開心起來。

「慢著，在高興之前要先確認幾件事。」

「──什麼事？」

梅莉艾絲特皇女看著我這麼問。

甚至無視了勇者隼人的問題。

「佐藤，魔王只能轉移到那裡嗎？」

「雖然尚未確認，不過我認為這個可能性很高。」

「根據是？」

「魔王襲擊聖都的時候沒有使用轉移。」

「不是用了嗎？」

「佐藤也看見魔王被賢者的影子捕捉之後，用轉移逃走了吧？」

「不，我不是指那件事——」

「佐藤想說的是，魔王究竟是從哪裡入侵大聖堂的吧。」

「正如琳格蘭蒂大人所說。」

因為法皇所在的「天空之間」牆壁被打碎，於是我去尋找魔王是從哪裡出現的目擊者，結果得到魔王是從停機場反方向的沙漠出現，筆直衝向大聖堂的證詞。

我把這件事告訴他們。

「這樣就解決一個問題了呢。另外一個是——」

「當魔王使用轉移逃跑之後，該怎麼把隼人大人帶到第六魔窟去嗎？」

「不是，這方面沒問題。我們擁有『神授護符』。」

根據梅莉艾絲特皇女的說法，巴里恩神授與隨從的護符似乎能將勇者召喚到她們身邊。

還真是方便。甚至到了如果能夠自製，想給夥伴們人手一個的程度。

「那麼，另一項顧慮是什麼？」

「是進行追擊戰的地點是敵人根據地一事。倘若在與魔王戰鬥途中，有超過五十級的沙塵兵或中級以上的魔族參戰，就會變成我們必須撤退。」

「為什麼？那不就跟我們在魔窟深處打敗魔王的時候一樣嗎？」

露絲絲像是在代表大家似的詢問。

「正在建設的據點和已經完成的據點是不同的。」

——正在建設的據點？

「也就是說，梅莉艾絲特大人認為魔王會在第六魔窟以外的魔窟進行活動，是打算製作新的據點？」

「沒錯。魔王好像在製作量產沙塵兵的『從森點』。」

「——是重生點吧。」

勇者隼人糾正梅莉艾絲特皇女的發言。

重生點指的是在MMORPG類型的遊戲中經常出現，能夠重新配置怪物的地點。

在這裡就是指生產沙塵兵的魔法陣或者魔法裝置了吧。

「魔王製作重生點打算做什麼呢？」

原本安靜聆聽對話的亞里沙，露出像是「我好怕」的表情抓著我的衣袖。

「那還用說！」

「為了征服世界打造軍隊啊！」

「Danger～Danger～？」

「那真是非常非常不好喲。」

「主人，為了與魔王軍戰鬥，應該儘快培育我的姊妹和『潘德拉』，我這麼建議道。」

我安撫起對露絲絲和菲菲的玩笑信以為真而慌張不已的夥伴們。

小玉的驚呼聲讓我回想起懷舊射擊遊戲裡頭目登場的音效，而不禁揚起嘴角的事情可得好好保密。

「雖然還不知道他葫蘆裡賣什麼藥，不過肯定是不好的企圖。」

勇者這麼總結後，把話題轉了回來。

「問題在於，該怎麼對付根據地。」

「用朱爾凡爾納把聖劍使和賢者一起載過去？」

「那件事應該很困難。」

梅莉艾絲特皇女否定弓箭手薇雅莉的話。

「為什麼～？」

「既然聖都遭到魔王襲擊，那麼樞機卿就不能疏忽防守聖都和法皇吧？」

梅莉艾絲特皇女回答斥候賽娜的提問。

「有什麼關係，巴里恩神國不是有魔王派的間諜嗎？」

「對啊、對啊。比起受到背刺，還不如只有我們去比較方便行動。」

「這麼一說還有間諜的問題呢。」

聽到露絲絲和菲菲的話，書記官莉洛在白板上大大寫上「間諜問題」。

「我們加上琉肯他們應該可以一戰吧。」

「雖然等級稍嫌不足，但魯德路和卡溫德也能派上用場才是？」

「儘管肯他們可以稱作戰力……不過感覺犧牲也會加大。」

「……畢竟是在對方的據點裡連續跟魔王戰鬥呢。」

琳格蘭蒂小姐和梅莉艾絲特皇女一臉憂鬱地發出歎息。

「——勇者大人。」

當會議室充斥沉重的氛圍時，老實聽著對話的亞里沙突然站了起來。

「根據地裡除了魔王以外的敵人，請交給我們應付吧。」

「交給甜心妳們？」

勇者隼人看了亞里沙一眼，接著轉頭看向我。

「沒錯，正如亞里沙所說，魔王以外的敵人交給我們吧。無論敵人有多少，我們也絕對不會讓他們接近隼人大人與各位，請放心討伐魔王吧。」

勇者隼人先是一副出乎意料的表情「呵呵呵」地忍著笑聲，隨即爆發似的大笑出來。

果然是聽起來太過誇大的緣故吧，勇者隼人笑個不停。
這種說話方式或許有些不符合我的性格。
「哈哈哈——老子相信你，佐藤。」
在我猶豫該怎麼說服他的時候，勇者隼人止住大笑這麼說。
「隼人，這樣好嗎？」
勇者隼人對琳格蘭蒂小姐的詢問點了點頭。
「不知道為什麼——聽到佐藤這麼說，就有種能相信的感覺。」
勇者隼人擦掉眼角的眼淚這麼說。
「我會盡全力回應您的期待。」
「嗯，那就拜託你嘍，佐藤。」
我回握住勇者隼人伸出的手，亞里沙把手疊了上去，接著隨從們和夥伴們也紛紛將手疊了上來，發出祈禱能成功討伐魔王的吶喊。

◆

「隼人大人，這個給你。」

我趁還沒忘記的時候，把潛入聖都的魔王信奉集團「自由之光」的成員清單交給他。

「這個是——佐藤，你是從哪裡得到的？」

「因為希嘉王國有很多優秀的諜報人員。」

我在詐術技能的幫助下說出煞有其事的藉口。

「梅莉，馬上通知負責司法的西普納斯主教，讓他安排——」

——找他就不妙了。

「請等一下。」

我阻止了勇者隼人。

「怎麼了？只要讓老子用鑑定技能去審視這些人，就能馬上知道他們是不是『自由之光』的成員喔？」

我向感到疑惑的勇者隼人說起在希嘉王國王都引發「魔神的產物」事件，霍茲納斯樞機卿的事情。

「我知道那件事。那件事在巴里恩神國也引起了相當大的騷動喔。」

「這件事和阻止安排有什麼關係對吧？」

我向琳格蘭蒂小姐點點頭，說出樞機卿擁有鑑定技能無法看穿的妨礙認知系神器的事。

「佐藤不清楚隼人的鑑定嗎？」

「我知道。隼人大人，您還記得亞里沙的髮色嗎？」

將神授予亞里沙的轉生特典「自我確認」技能的隱藏功能告訴我的人正是勇者隼人，所以他應該也知道亞里沙是轉生者才對。

「甜心的？那當然——原來是這麼回事啊。」

勇者隼人原本疑惑的表情瞬間轉為理解。

看來他從作為亞里沙是轉生者證明的紫色頭髮中，想到了轉生者之中存在擁有能匹敵勇者能力的「能力鑑定」這項人物鑑定技能的人。

「甜心也有對吧？」

「是的，勇者大人。」

亞里沙裝模作樣地散發賢淑氣息做出肯定。

「霍茲納斯樞機卿的狀態欄連她也看不穿。」

「也就是說有老子的鑑定技能都無法看穿的傢伙存在吧？」

「是的。經過事前調查，我得到負責司法的西普納斯主教，擁有與霍茲納斯樞機卿相同神器的情報。」

「西普納斯嗎……那可就麻煩了哪。」

「說得沒錯。儘管持有神器未必就代表是『自由之光』的成員，不過也足以當作懷疑的理由了。」

聽到我這麼回答的勇者隼人和梅莉艾絲特皇女變得愁眉苦臉。

「其實也無所謂吧？」

「什麼意思？」

聽到菲菲的發言，弓箭手薇雅莉歪頭表示不解。

「就直接去通報啊。如果刻意讓清單上的傢伙逃走，主教就是犯人；而若是全部都逮捕並好好處置，主教就不是犯人——雖然依然無法確定，不過這樣也可以不是嗎？」

「的確……」

神官蘿蕾雅喃喃自語地說：「的確有道理。」

「菲菲居然能說出這種話，感覺沙漠要下起暴雨了呢。」

「妳說什麼！」

被挖苦的菲菲追著逃跑的斥候賽娜衝出房間。

「那麼，成員清單就依照菲菲所說，交給西普納斯主教吧。莉洛，雖然抱歉，但麻煩妳抄寫一份。我去跟琉肯說一聲，從偵查隊向他借用擅長監視和跟蹤的人員。」

梅莉艾絲特皇女宣言之後便展開行動。

之後就交給她們吧。而為了做好逃跑的準備，我就先將所有人都附上標記吧。

「那老子就和蘿蕾雅與琳一起，替下次編制調查隊做準備嘍。」

勇者隼人說完看向隨從們。

「我該做什麼呢？」

「我要保養朱爾凡爾納，露絲絲也來幫忙？」

「感覺反而會搞破壞，還是算了。我去外面活動活動身體喔。」

弓箭手薇雅莉負責整備，露絲絲則選擇訓練。

「波奇也想修行喲！」

「小玉也要當忍者～？」

「露絲絲大人，能請您賜教嗎？」

「好啊～偶爾和不同的對手練習似乎也挺有意思的。」

「我也希望參加，我這麼告知道。」

露絲絲對她們說「走吧」，就和獸娘們以及娜娜一起走出房間。

「大家都喜歡這個呢～」

「熱衷練習。」

亞里沙和蜜雅跟著走出去，我也與露露一同離開房間。

話說回來——

魔王前來取回的玩偶究竟是什麼啊？

賢者看起來像是知道些什麼的樣子，況且還有萊特少年父親的事，因此就去和賢者見個面吧。

◆

「放開！就說放開啦！」

「哼，給我住口！你這個骯髒的沙人！」

我在中途和大家分頭，朝著賢者所在的後院走去，而那裡似乎發生了某種騷動。

萊特少年正被士兵們抓著手臂。

「貴族大人！」

他在發現我之後拚命地伸出手來。

雖然不知道發生了什麼，但我不打算見死不救，於是前去詢問事情經過。

「潘德拉剛大人認識他嗎？」

「我是他入國時的身分保證人。」

幸運的是士兵似乎認識我，省下了自我介紹的工夫。

「那麼，他做了什麼事嗎？」

「俺什麼都沒做啊！」

雖然我問的是士兵，回答的卻是萊特少年。

「俺只是受行動不便的老婆婆所託，把謝禮的玩偶交給法皇大人而已。」

原來如此。把魔王的玩偶交給法皇的人似乎就是萊特少年。

「你看來被惡人利用了呢。」

「是這樣嗎？俺看老婆婆不像是壞人呀。而且『直覺』也沒有起反應。」

萊特少年擁有「直覺」這項稀有技能。

既然如此，那位老婆婆也很有可能是被幕後黑手利用的一般市民。

「能請你們去尋找他說的老婆婆嗎？真正的犯人可能會為了封口而對老婆婆不利。」

「明白了，我去找會畫肖像畫的人過來。」

其中一名士兵朝聖堂旁邊的建築物跑去。

「在找到他口中的老婆婆之前，可以先把他交給我嗎？」

「既、既然如此——」

「怎麼可能讓你這麼做！」

有些神經質的聲音蓋過本想同意的士兵們所說的話。

說話的人是西普納斯主教。他裝備著能避開我AR顯示偽裝狀態欄的道具，是個需要留意的人物。

「──你們帶他下去。在不會致死的程度拷問他，讓他供出幕後黑手的身分。」

聽見主教指示的士兵們立刻敬禮，再次抓住萊特少年。

如果什麼都不做任由他們帶走萊特少年，他肯定會死在牢裡。

我為了救助萊特少年打算擋住他們的去路，不過有人搶先了一步。

「賢者大人，你為何要妨礙我們？」

擋在士兵們前面的人是賢者。

他的身後還有勇者隼人的隨從書記官莉洛。

「他什麼也不知道。正如潘德拉剛卿所說，他只是被利用了而已。」

賢者似乎從遠處聽到了我們的對話。

「想要謀害聖下的，應該是聖下死後能得到利益的人吧。」

排行第二的樞機卿以及在他之下的主教正巧符合這個條件。

主教大概也推導出相同的結論，激動地說：「你的意思是我或樞機卿猊下打算謀害聖下不成！」

「我並沒有這麼說。但是，主教猊下有很多部下吧？」

「我的部下不存在協助魔王信奉集團的人！」

不過你這位主教倒是最可疑的。

「『自由之光』非常狡猾。過去不也曾經發生過家人被當作人質，迫不得已協助他們的案例嗎？」

「那、那是……」

主教咬緊嘴唇。

「既然如此，把他交給我就沒問題了吧？」

「這兩件事不能混為一談，沒有證據顯示你能夠信任。」

我順勢再次提出保護萊特少年的事，卻被冷淡地拒絕了。

萊特少年一副快要哭出來的模樣，導致我似乎操之過急了。

「——猊下，我認為為了締結巴里恩神國與希嘉王國之間的友誼來訪的觀光副大臣，不可能與『自由之光』有所勾結。」

賢者不知為何幫我打起圓場。

「若是如此依然信不過的話，就交給勇者大人吧。身為隨從的莉洛大人經常待在聖都，要進行審問也不成問題。」

被賢者問到「可以嗎？」的莉洛點了點頭。

「慢著！我可沒同意這件事！那個小鬼把玩偶交給聖下是事實！在審問出他所知道的一切之前不能交給你們！」

主教十分頑強。

「猊下沒有鑑定技能嗎？他並非受過訓練的間諜。就算被審問官逼問，也很有可能會為了逃避痛苦而作出偽證。」

被據理力爭的主教「唔嗯嗯」地發出呻吟。

這時賢者走到主教耳邊悄聲說：「因此才要放走他，藉此逮住那些打算封口的傢伙。」

「我打算派出部下跟著他，如果覺得不夠，猊下也能派出部下。還是說放任他自由行動會有什麼麻煩嗎？」

「萬一犯人殺了他又逃走的話怎麼辦？」

「我可沒打算派出連這種事都辦不好的人。主教猊下對我的部下應該也很清楚吧？」

「要是讓犯人逃走，請賢者大人負起這個責任！別以為拿聖下的寵愛當後盾就能一直為所欲為！」

「我會謹記在心。」

「——哼！」

看來賢者的部下應該很有實力，主教只能碎碎唸而無法反駁，最後拋下一句狠話離開了現場。

主教盛氣凌人地離開後，賢者指揮起現場，將萊特少年交給書記官莉洛。

賢者說了句「我去安排少年的事」之後前往大聖堂，緊接而來的是畫肖像畫的士兵，我陪著萊特少年向士兵傳達老婆婆的特徵。

結束之後原本打算和賢者見面，可是根據地圖情報他在法皇的房間，看來想向他打聽有關「魔王的玩偶」和「萊特少年的父親」的事又得延後了。

◆

「勇者大人，雖然要再次調查魔王的所在地是無所謂，但就算付出巨大犧牲找到牠，最後還是會像之前那樣被魔王逃走不是嗎？」

隔天在與勇者隼人一同參加的會議中，才剛開始樞機卿就提出早就料到的問題。

於是我們依照事前討論，由書記官莉洛來陳述對策。

「——能阻礙空間魔法的魔法裝置？」

「是的。是潘德拉剛卿從精靈村落借來的。」

波爾艾南之森或許真的有這種東西，不過這次只是單純的仿製品。

「我們已經確認過性能並裝上朱爾凡爾納了。即使找巴里恩神國的空間魔法使來進行測試也可以。」

「賢者大人，您意下如何？」

「沒有測試的必要。勇者大人在此說謊沒有任何好處。已經讓沙珈帝國的空間魔法使試過了吧？」

勇者隼人點頭肯定。

「那種東西真的能防止魔王逃跑嗎？」

「是的，西普納斯主教猊下。只要能將牠留在有效範圍內的話肯定沒問題。」

書記官莉洛回答不放心的主教提出的問題。

「這是失敗時的藉口嗎？」

樞機卿如此挑釁。

「對手可是魔王，因此沒有絕對。既然勇者大人相信，那麼我們也必須相信才行。」

靜靜聆聽的法皇幫我們打圓場。

「如果能夠防止魔王轉移，那我也參加討伐吧。」

「賢、賢者大人？還不確定真的能夠防止轉移，況且你忘了前幾天魔王的襲擊嗎！要是賢者大人不在，有誰能與魔王戰鬥，保護聖下！」

樞機卿語氣慌張地勸說他改變主意。

「不用擔心，聖下身邊有優秀的神殿騎士。之前魔王來襲，在我趕到之前也是由他們守護聖下的。」

樞機卿聽見賢者的話沉默不語。

「假如擔心，只要把聖劍使梅札特卿以外的神殿騎士留在大聖堂即可。肩負巴里恩神國榮譽的人有一個就夠了吧？」

「不行，梅札特應該作為對付魔王的殺手鐧留在聖下身邊。」

「樞機卿猊下！我主張比起防守，聖劍更應該用來進攻！」

聖劍使的梅札特先生以推倒椅子的氣勢站起來，主張自己不應該脫離前線。

「坐下，梅札特。我也贊成樞機卿猊下的意見。」

主教也贊同樞機卿。

硬要說的話，總覺得他只是想用法皇護衛這個名義，來束縛能對魔王構成威脅的聖劍使用者。

「聖下，請允許我參加討伐作戰。」

「梅札特！」

「放肆！」

樞機卿和主教連忙制止直接向法皇提出要求的聖劍使。

「——聖下。」

法皇朝說話的賢者點了點頭，接著依序看向聖劍使和樞機卿等人。

「多布納夫、西普納斯，很高興你們那麼在意我和聖都的安危。但我想依照梅札特的要求，讓他與勇者大人和索利傑羅一起討伐魔王。」

「聖下！」

「請三思！」

樞機卿和主教仍不肯罷休。

「待勇者大人出發後，我會藉由巴里恩大人的加護以及大聖堂的力量，用神聖結界包覆聖都。就算是魔王，應該也無法輕易打破才對。」

大家安靜地聆聽法皇所說的話。

「聽說留在聖都的莉洛大人可以向勇者大人尋求救援。」

受到法皇注視的書記官莉洛點了點頭。

「假如把充滿都市的力量轉移到防禦上，維持農作物和水源的事情就……」

「沒錯，應該會帶來影響吧。不過，這是戰爭。為了讓身為巴里恩神使徒的勇者大人能夠全力與魔王交戰，我等巴里恩神國的民眾應該默默支持他們。我認為這才符合巴里恩神明大人的旨意。」

樞機卿和主教聽完法皇的教誨，深深地低下頭遵從他的意思。

不過，樞機卿是想到經濟上的損失而顯得愁眉苦臉；主教則是無法阻止增強對付魔王戰的戰力而露出困擾的表情。

「那麼，勇者大人。請繼續——」

在法皇的催促下，接著談到關於部隊編制的話題。

大致上與上次相同，決定由我們和賢者陪同勇者一行人的部隊。

我們在勇者的提議下得以同行，賢者則是他本人強烈要求。要是有機靈的賢者在，我就不能在情況緊急時使出全力，於是打算委婉推給神殿騎士的部隊；但由於聖劍使和黑騎士都贊同賢者的意見，最終敗給了趨勢。

順帶一提，一旦發現魔王，我和斥候賽娜就會全速趕往第六魔窟。

之後的流程應當就是等勇者隼人他們逼魔王逃走之後，由斥候賽娜使用「神授護符」召喚乘坐朱爾凡爾納的勇者隼人一行人。

部隊決定在休息以及在魔王戰殉職的神殿騎士團長葬禮結束的三天後出發，我們也因此得到短暫的休息。

◆

「那些人群是怎麼回事？」

漫長的會議結束，我與勇者隼人一起走出大聖堂的後門時，眼前見到大量的人群。

與吵鬧聲一同傳來的還有金屬碰撞的聲音。

「好像在進行某種比賽呢。」

我們聊著這些話題走過去，才發現是夥伴們正在和沙珈帝國的戰士及隨從們進行切磋。

「……■破裂——接著是奧義『櫻花一閃』！」

「比賽中使用攻擊魔法和必殺技違反規定，我這麼告知道。」

「明明全部接下來了，還真敢說呢。」

娜娜和琳格蘭蒂小姐正在切磋。

跟在搭船前往公都的旅途中與我以及伊帕薩卿交手時不同，她意外地相當認真。

「哦，動作真不錯耶。實力和希嘉王國的『聖盾』雷拉斯大人差不多。」

勇者隼人透過雙眼捕捉娜娜的動作。

「娜娜！妳的招架實力一流，但是格擋還稍欠火候，應該在格擋瞬間稍微壓低姿勢，藉此來降低威力。如果可以，要在受到攻擊的前一刻多次施加身體強化。雖然魔力消耗會大幅增加，但也比被打飛導致身後的夥伴受傷來得好。」

「是的，隼人。重現教導。琳格蘭蒂，請使用爆裂魔法。」

聽了勇者隼人建議的娜娜展開實際練習。

「吸收能力真不錯耶。已經立刻開始實踐嘍。」

勇者隼人面帶笑容地朝娜娜她們走去。

「會用魔刃技能吧？那麼，別防禦單發式魔法或下級魔法，而是用劍來砍斷。」

勇者隼人這麼說完，讓琳格蘭蒂小姐發射「小火彈」，然後示範如何用聖劍將其砍斷。

「怎麼樣？做得到嗎？」

「是的，隼人。現在開始訓練，我這麼告知道。麻煩琳格蘭蒂協助，我這麼請求道。」

「好好好，我會陪妳啦。」

娜娜一邊被琳格蘭蒂小姐的魔法擊飛好幾次，一邊藉此練習斬開魔法。

「要多久才能成功呢？」

「一朝一夕應該辦不到吧。雖然露絲絲和菲菲很快就成功，依然要花上十天；琳則用了半個月吧。」

順帶一提，除了勇者隼人與三名隨從之外，似乎沒有其他人能完美做到這件事。

打散魔法的話很快就能辦到，但如果想完全化解威力，難度好像會大幅提升。
雖然難度很高，但這項技術相當有用，因此我希望娜娜能學會。
我短暫地守望娜娜的特訓後，環顧四周觀察起其他孩子們的狀況。

「能躲過示現流的第一刀，挺能幹的嘛！」
「魯德路！那孩子是和我不分上下的強者，大意可是會吃敗仗喔！」
「波奇是居合拔刀的專家喲！」
波奇好像在和沙珈帝國的武士切磋。
莉薩和露絲絲則在一旁比武。
「唔哈，厲害～突擊竟然與隼人不分上下啊？」
「露絲絲！快點換我上！我也想再和莉薩戰一回！」
「囉嗦！等我享受完再說！」
莉薩和露絲絲打得難分難解。
從她們的對話看來，莉薩和菲菲似乎也不分勝負。
「哦，那個女孩也是難得的人才呢。」
勇者隼人來到她們三人身邊，開始指導莉薩。

起初露絲絲和菲菲還因為能愉快交手的對象被搶走提出抗議，不過很快就被勇者隼人和莉薩越演越烈的攻防戰吸引而閉上嘴。

雖說勇者隼人相當放水，我依然認為能跟上節奏的莉薩很了不起。儘管莉薩應該不要緊，我仍然有點擔心勇者會不會像在公都指導我的時候一樣，一不小心就使出必殺技。

在莉薩她們的對面，弓箭手薇雅莉與露露正待在離她們有段距離的樹蔭處下。

乍看之下，和風美少女與長耳族美女之間似乎醞釀著朗讀詩集般的優雅氛圍，但實際上透過順風耳技能聽到的對話內容卻有些不同。

「露露，妳是怎麼讀取到風向的？」

「只是普通地用眼睛看。目標太遠時就用術理魔法輔助喔。」

「哦～舉例來說？」

雖然我對狙擊手露露的狙擊論述有點興趣，還是之後再請她教我吧。

蜜雅用魯特琴在兩人旁邊演奏，亞里沙則倚在樹幹上專注地閱讀禁咒魔法書，

「唔哇，用火魔法的魔法道具很卑鄙耶！」

「不是魔法道具～？」

「哪裡不是啦。」

「這是忍術～」

小玉正在和斥候賽娜切磋。

除了前往庫沃克王國途中學會、使用火石粉末的火遁之術以及用了風石粉末的風遁之術之外，現在的小玉已經開始熟練地運用各式各樣的忍術。

「——真是有趣的法術。」

賢者不知何時來到我身邊。

「雖然看起來像是魔法系的技能，但還是第一次見到。」

「那是叫忍術的技能。」

「那是忍術？與我所知的忍術有點不同——實在令人很感興趣。」

因為賢者擁有鑑定技能，所以告訴他小玉使用的技能名應該沒關係。

為了不錯過她的一舉一動，他認真地注視著小玉。

——對了。

這是個好機會，跟他打聽一下關於「魔王的玩偶」和「萊特少年的父親」的事吧。

「關於前幾天那個玩偶的事，找到少年所說的老婆婆了嗎？」

「主教大人沒有告訴你嗎？雖然已經查出僱用老婆婆的人，不過似乎在我們採取行動前就已經被解決掉了。」

蜥蜴斷尾嗎……

「那老婆婆——」

「她平安無事，不必擔心。由於聖下也很在意，我早已派遣部下加以保護。現在她應該被聘來大聖堂打雜了才是。」

太好了。我可不希望無辜的人被封口殺害。

「賢者大人知道那個玩偶的來歷嗎？」

「**不清楚**。上面沒有感覺到奇怪的氣息。應該不是魔法道具之類的東西，可能是淪為魔王之前所珍視的物品吧。」

就算變成魔王也很重視的物品嗎……

總感覺有件事很令人在意，但就是想不起來。難得的高智力值也沒辦法回想起根本沒想要去記的事情呢。

真後悔當時沒將玩偶附上標記。

「賢者大人，關於那名把玩偶交給法皇猊下的少年——」

我表示萊特少年是為了尋找父親才來到聖都，以及他提到父親是被賢者邀請來聖都的事，並詢問賢者是否知道他的下落。

「雖然很抱歉，但我沒有印象。我巡迴周遭各國，邀請過許多有才之士，其中大多數人都來到聖都。如果不在聖都，不是返鄉，就是得到任務離開聖都了。」

賢者稍微想了想，接著這麼說。

他似乎在到處網羅人才。

「若是不急，就去守衛那裡登記吧。如果有必要，我可以跟守衛說一聲。」

很高興他能這麼提議，於是我便拜託他幫個忙。

向賢者道謝之後，我出發去找書記官莉洛，打算將這件事告訴萊特少年。

我告知萊特少年，雖然不能馬上找到，但只要得到他父親返回聖都的消息，應該就會有人聯繫他，於是他開心得彷彿要跳起舞似的說：「謝謝你，貴族大人！」

他現在似乎在書記官莉洛底下擔任類似傳令兵的工作。

在給了守衛一點小費、將萊特少年的事委託他們之後，我為了製作討伐魔王時需要的道具而前往波爾艾南之森。

雖然大致上都已經完成了，遺憾的是由於過於忙碌，能與雅潔小姐卿卿我我的時間只有一點點。

另外，在作戰開始前，我提供的「自由之光」成員清單除了兩人之外，所有人都遭到逮捕，協助他們的人似乎也一起被找了出來。

逃走的兩個傢伙不僅等級很高，而且還擁有「變裝」、「迷魂」與「精神魔法」這些一旦被濫用就很不妙的技能。

當書記官莉洛派遣的諜報員和法皇直屬的蒙面搜查官發現，他們是事前被負責司法的西普納斯主教放走的之後，他也被繩之以法了。

偽裝道具「盜神裝具（贗品）」也在這時被公諸於世。雖然還針對是否有其他持有者進行了澈底搜查，然而並未有所發現。而這項偽裝道具聽說交給了法皇，嚴密地封印在只有他能進入的地方。

包含西普納斯主教在內，被抓住的「自由之光」成員都在聖都處刑場處以絞首之刑。

不小心從遠處見到人被吊死的場景，使我有一段時間都很不舒服。

而西普納斯主教放走的兩人，據說也被賢者部下的隱祕部隊發現，遭到了同樣的處分。

◆

在作戰開始的前一晚，我們舉行了討伐魔王的行前會。

「怎、怎麼可能！居然是咖哩飯啊啊啊啊！」
勇者見到擺放在桌上的咖哩套餐，大叫著站了起來。
雖然這裡是勇者租下的宿舍，想叫多大聲都無所謂，但還是希望他能小聲一點。
由於他氣勢洶洶地朝我看了過來，我點了點頭說：「是真的。」
「為了討個好兆頭，我試著做了炸豬排咖哩飯。」
這不是野豬肉，而是用沙珈帝國的進口豬肉製作的真正炸豬排。
「哦哦，真不愧是佐藤！挺內行的嘛！」
見勇者一副迫不及待的模樣，亞里沙雙手快速合十說出「我開動了！」的口號。
「嗚嗚嗚嗚嗚嗚，是真正的咖哩啊！」
勇者一邊流下感動的淚水，一邊用湯匙舀起咖哩飯。
原本擔心他會不會用力過猛把咖哩飯撒出去，看來是杞人憂天了。
「好吃啊啊啊啊啊啊啊啊啊！」
勇者吃了一口放聲吶喊，隨即狼吞虎嚥地享用起咖哩飯。
「咖哩果然是飲料呢。」
「不，沒那回事吧。」
我對亞里沙一臉得意的發言提出異議，並推薦勇者的隨從們也品嘗料理。

「感覺像是香味奇特的燉菜呢？」

「很辣，不過很好吃喔。」

「我不能吃辣。」

弓箭手薇雅莉和露絲絲津津有味地享用料理，菲菲則在聞過香味之後推開盤子。看來這個氣味對狼耳族的菲菲來說太重了。

「唉呀？明明很好吃耶。」

神官蘿蕾雅撩起耳邊的頭髮，優雅地品嘗咖喱。

總覺得她的舉止相當嫵媚。

「妳不吃就給我。」

勇者迅速搶走菲菲推開的餐盤。

不不不，你正常地再來一碗不就好了。

「喔，這就是傳說中的咖哩嗎！」

「是初代勇者大人窮極一生追求的夢幻料理呢。」

琳格蘭蒂小姐與梅莉艾絲特皇女感動到全身發抖，遲遲無法伸出湯匙的樣子。

「菲菲小姐，如果您不能吃辣，請用這個。」

「哦哦，味道感覺很好吃呢。」

我將普通的蛋包飯端給菲菲，她的狼耳便不斷跳動，同時觀察著餐盤。

「嗯？蛋料理？有點像沙珈帝國的煎蛋捲呢。」

「煎蛋捲！這、這個紅色的醬汁是紅蘿蔔嗎？」

原本在勇者身後享用咖哩的斥候賽娜以及書記官莉洛以驚人的速度固定菲菲的腋下，然後窺探著盤子。

「這、這是我的！」

菲菲對氣勢洶洶的兩人感到不安，雙手抱住蛋包飯的盤子藏了起來。

「菲菲，給我吃一口。」

「我也想吃！」

書記官莉洛和斥候賽娜向菲菲央求。

「誰會相信妳們說的一口啊！」

「真失禮耶！賽娜暫且不論，我的一口可是很小巧的。」

「妳等一下～我的也很小喲～！」

隨從們的感情真好呢。

「久等了～？」

「追加兩份喲。」

雖然我有點想繼續觀察她們三人的互動，不過小玉和波奇已經拿著追加的盤子出現，讓這場紛爭劃上句點。

「看來追加的蛋包飯送來了，兩位也要來一份嗎？」

「太好了！」

「潘德拉剛卿也真是壞心眼。」

斥候賽娜立刻受到蛋包飯所吸引，書記官莉洛**不用說**則瞪了我一眼，接著若無其事地吃起蛋包飯。

「不是紅蘿蔔？那麼是什麼醬汁呢？」

「Tomato～？」

「是番茄醬喲！」

「是叫『Tomato・番茄醬』的醬汁嗎？」

莉洛將小玉語調奇特的詞彙，以及波奇口中的日文單字合而為一。

「那是用番茄製成，被稱為番茄醬的醬汁。是琳格蘭蒂小姐的故鄉，歐尤果克公爵領的名產喔。」

「──名產？佐藤，我不知道這種醬汁耶？」

琳格蘭蒂小姐對我的說明起了反應。

「嗯，佐藤。」

「是主人開發的，我這麼介紹道。」

「哦～真不愧是『奇跡般的廚師』呢。」

聽見蜜雅和娜娜的解釋，琳格蘭蒂小姐說出我那令人懷念的稱號。

「久等了，這是奧米牛壽喜燒。」

露露和莉薩推著裝有巨大壽喜燒鍋子的餐車走了進來。

「居然是壽喜燒！」

吃完五盤咖哩的勇者一邊讓神官蘿蕾雅擦拭泛黃的嘴角，一邊朝露露的方向看了過去。

「是的，這是勇者大人祖國的料理。」

露露就算面對勇者也和平時差不多。

大概是將美味地享用自己料理的人和夥伴們的身影重疊了吧。

「需要生蛋嗎？」

「喔，要！」

和露露相反，罕見地緊張不已的莉薩把裝有生蛋的小盤子遞給勇者隼人。

她的手正微微地顫抖著，希望那不是武者的振奮。

「有、有肉～？」

「是肉喲。但是現在要『等待』，不等不行喲。」

小玉和波奇盯著壽喜燒鍋中的牛肉，不斷流著口水。

——奇怪？我沒下達這種指示吧？

「我想先滿足隼人他們。」

看來犯人是亞里沙。

「不必擔心，我準備了絕對吃不完的量，沒問題喔。」

光是三頭奧米牛就已經很多了，更何況還有「區域之主」之中超巨大牛系魔物的肉。後者雖然比不上最頂級的奧米牛，不過用在味道濃厚的壽喜燒裡面幾乎感覺不到差異，因此應該沒問題。

「我另外還讓露露準備了其他料理，應該差不多該端來了吧？」

門像是配合亞里沙的話語般打開，女僕們把漢堡排和炸雞塊送了進來。

「漢堡排～？」

「沒想到是漢堡排老師登場喲！」

此時小玉和波奇露出「可以吃嗎？」的表情看著我，於是我點頭表示允許。

「哇～？」

「波奇的戰鬥才剛剛開始喲！」

不只是小玉和波奇，其他孩子們也開始用餐。

「那個好吃嗎？」

「當了個然～？」

「也讓我嚐嚐看。」

「當然喲！漢堡排老師很深奧喲！」

吃完蛋包飯和咖哩的菲菲和露絲絲表示自己也要加入漢堡排山脈的攻略戰。

斥候賽娜以及確保瓶裝龍泉酒的神官蘿蕾雅似乎也參加了莉薩挑戰的烤雞肉串戰線。

蜜雅推薦的蘑菇料理和蔬菜料理，則讓弓箭手薇雅莉和書記官莉洛深陷其中。

「**少爺**。」

一名服務生來到我耳邊悄悄地說。

雖然經過變裝，但他正是原本身為怪盜的皮朋。

「我奉庫羅大人之命前來，已經排除想下毒的蠢貨。我將他們綁著丟在儲物室裡，請儘快去回收吧。」

他這麼說完之後，跟進來時一樣自然地離開房間。

雖然是以防萬一才把他作為毒殺對策帶了過來，不過似乎好好發揮了作用。能僱用他真是太好了。

我帶著不會喝酒的卡溫德先生前去回收毒殺未遂犯，將後續事宜交給他及部下之後回到房間。

「佐藤，要喝嗎？」

「那我就不客氣了。」

我看著隨從們與夥伴們和樂融融地交流，接過琳格蘭蒂小姐遞來的酒杯。

看來裡面裝的是沙珈帝國的威士忌。

「謝謝你，佐藤。最近隼人因為討伐魔王不順利變得有點鑽牛角尖，讓人挺擔心的。」

「是啊，現在的隼人放鬆下來，變回了原本的他。你真是最棒的援軍呢。」

雖然我完全看不出差別，但她們似乎覺得最近的勇者隼人有點危險。

我用一句「不敢當」回答十分抬舉我的琳格蘭蒂小姐和梅莉艾絲特皇女，隨即在簡單的乾杯後一口氣喝光杯裡的酒。

——糟糕。

喝完之後才開始後悔。

應該好好品嘗一番才對。

「真是好酒呢。」

「是啊。畢竟這是唯一冠有『沙珈』之名，只有皇族才能喝到的威士忌。」

「拿出這麼好的酒沒問題嗎？」

「沒關係。這比起蘿蕾雅獨占的龍泉酒普通許多。」

的確，畢竟龍泉酒無論花多少錢都買不到嘛。

「大家也要喝嗎？」

我這麼說，將小瓶的龍泉酒從儲倉裡拿了出來。

「有股聞起來很美味的酒香。」

此時柔軟的質量，以及帶有醉意的性感嗓音壓在我的背上。

我轉過頭去，眼前是神官蘿蕾雅滿臉通紅的側臉。

她從我身後將手伸向酒瓶，因此背上湧現一股非常幸福的觸感。

「蘿蕾雅，冷靜點。」

「你這樣佐藤會很為難吧？」

梅莉艾絲特皇女這麼責備她，而琳格蘭蒂小姐則拉起我的手，幫助我脫離神官蘿蕾雅的強襲。

「唉呀？」

「呀！」

或許是幸運色狼之神的加護，我跟著神官蘿蕾雅一起躺在琳格蘭蒂小姐的大腿上。

當然，要是盡全力迴避應該能夠避開，但我決定現在還是尊重神的旨意，好好享受上下兩邊的柔軟觸感。畢竟鐵壁組合正因為大餐和應付勇者，看起來很忙嘛。

◆

深夜來臨，宴會逐漸變成酒會，因此我讓夥伴們回到房間，展開成年人的社交時間。

雖然以監視官自稱的亞里沙也一同參加，但她已被誤喝的酒精擊沉，與莉薩一同進入了夢鄉。

「佐藤，你覺得能贏嗎？」

勇者隼人從窗口眺望夜景的側臉上顯露出一絲不安。

「隼人大人肯定能旗開得勝喔。」

我打算在下次攻略魔窟時解決魔王，所以一定要讓他贏。

只要能抑制逃跑手段，如今的隼人他們應該具備足以勝過魔王的實力。

「這樣啊！經你這麼一說，總覺得產生了絕對會贏的感覺啊！」

「是的，這才是『沙珈帝國的勇者』。」

「嗯，那當然！」

宴會會場響起勇者開朗的笑聲。見到這副模樣，他的夥伴們似乎也放鬆下來。這樣一來，討伐魔王也能輕鬆取勝了呢。

魔王包圍網

「我是佐藤。記得以前看過的名作漫畫中與強敵戰鬥的場景，為了讓夥伴先走，一個又一個離隊的身影讓人緊張得捏了把汗。離隊的夥伴最後回來助攻的情境也挺不錯的呢。」

「沙塵兵稍微變強了……嗎？」

勇者隼人望向與沙塵兵交戰的偵查隊們低語。

為了不讓勇者一行人在與魔王連續戰鬥前消耗體力，魔窟內的戰鬥由我們和沙珈帝國的偵查隊輪流進行。

順帶一提，魔王就在我們探索的這個魔窟。

大約兩天前，我發現魔王離開第六魔窟，便設法讓勇者他們探索的地點變更為這裡。

「是啊。似乎得到支援魔法強化。」

雖然只提升了兩成左右難以分辨，但以支援魔法來說算是較為優秀的種類。

「既然如此，就稍微幫個忙吧。」

賢者用難以聽見的聲音進行詠唱，對沙塵兵使用阻礙行動系的影魔法。

「雖然只是個腳在站穩時會打滑、增加抬腳時阻力程度的魔法，不過在戰力勢均力敵的時候意外地能派上用場。」

正如他所說，形勢迅速逆轉，偵查隊將沙塵兵盡數打倒。

「哦～下級妨礙魔法也很有用呢。」

「雖然大多數人都會選擇不會被抵抗的支援魔法，但只要用法正確就能發揮出比支援魔法更好的效果，魔法使學這個不會吃虧。」

「原來如此～」

亞里沙雖然這麼附和賢者，不過她也經常透過空間魔法用類似的方式絆倒敵人。

「……妨礙。」

蜜雅或許想到了什麼，於是翻起魔法書。

如果是水魔法，我認為「糾纏水流」之類的魔法應該不錯。

「巨魔類型的敵人出現了。要上了喔，妳們兩個。」

「系系系～」

「收到了喲！」

獸娘們跳向從通道深處出現的達米巨魔級沙塵兵。

「瞎眼之術～？」

小玉使用風遁之術將辣椒粉末朝沙塵兵吹了過去。

——DEZZZZZERYTT。

失去視野的沙塵兵摀著臉發出慘叫。

「突～喲！」

「——螺旋槍擊。」

波奇的突刺和莉薩的必殺技朝著沙塵兵毫無防備的左右側腹炸裂。

——DEZZZZZERYTT。

沙塵兵的體力計量表迅速下降，卻仍不足以擊倒。

牠痛苦掙扎地用手掌射出如同高壓水般的沙流試圖將波奇和莉薩掃開，但兩人並未窮追不捨，而是迅速向後跳躍逃進安全距離。

「小玉是成熟的劊子手～？」

小玉用空步貼近沙塵兵的脖子，朝頸動脈砍了過去。

沙塵兵伸出巨大的手掌打算捏碎小玉，但是——

「——瞄準，射擊！」

狙擊手露露用金雷狐槍彈開牠的手。

「盾擊，我這麼告知道！」

娜娜用瞬動衝進沙塵兵懷裡，用大盾打飛牠破綻百出的身軀。

接著蜜雅的水魔法「水劍山」和亞里沙的火魔法「豪火彈」給了牠致命一擊。

我已經事先知會蜜雅和亞里沙，不要在賢者面前使用精靈魔法與空間魔法。

「巨魔背後有高速型的敵人！」

偵查隊中有人大喊。

幾隻長得像豹一樣的沙塵兵衝進戰場。

「嘿呀～？」

「別想繞到波奇背後喲！」

小玉和波奇擊斃在牆上奔跑並且發動攻擊的豹型沙塵兵。

露露也用金雷狐槍狙擊，但被牠們迅速地躲開了。想用金雷狐槍打中應該得澈底掌握空氣的狀態才行吧。

「——唔。」

露露見狀咬著下唇。

身為狙擊手，無法打中目標似乎讓她很不甘心。

她的雙眼緊追著踩在牆壁上發動攻擊的豹型沙塵兵。

「原來是這樣啊——」

從金雷狐槍擊出的雷球彈，再次和剛才一樣被豹型沙塵兵閃過。

然而，雷球彈彷彿擁有自我意識般改變軌道，像是在阻擋豹型沙塵兵的去路般搶先一步擊中牠們。

「為什麼？」

「嘿嘿嘿，我預測了空氣的流向，好讓雷球彈擋住牠們的逃亡路徑。」

露露笑容燦爛地回答弓箭手薇雅莉的問題。

「這不只是預測的程度了吧……」

不知為何她一副像是在說「是你的傑作嗎」的眼神盯著我看。

露露會這麼厲害都是因為她的努力和才能，希望妳能坦率地誇獎她。

「看到小不點她們大顯身手，我也想去參一腳了。」

「就是說啊。梅莉，偶爾戰鬥一下也沒關係吧？」

「真拿妳們沒辦法耶。記得別打得太累了。」

「我也要去。」

於是露絲絲、菲菲和弓箭手薇雅莉也從途中加入車輪戰，我們就這樣一路沿著魔王棲身的最深處的房間展開調查。

「貓耳族的小姑娘啊。」

在不知道第幾次休息時，賢者來到正開心享用許德拉肉乾當點心的小玉和波奇身邊。

「喵～？」

小玉的耳朵垂了下來，身體朝波奇靠了過去，同時抬頭看著賢者。

她似乎不擅長應付賢者。我放下喝到一半的咖啡杯，若無其事地站起來，為了能隨時提供協助而走到小玉身邊。

「小玉她做了什麼嗎？」

「抱歉讓你起了戒心，我只是對那位小姑娘使用的招式感興趣罷了。」

聽見我出聲後，賢者這麼回答。

「據我的觀察，她似乎利用火石和風石的粉末來使用不可思議的招式，不會用上其他屬性石嗎？」

「屬性石～？」

「就是指火石和風石喔。」

我向歪著頭的小玉說明何謂屬性石。

「比方說能不能用雷石粉末發出雷擊呢？——類似這種感覺。」

賢者說完從小袋子中取出雷石交給小玉，接著把詠唱精簡的「小閃電」示範給小玉看。

他似乎和亞里沙一樣，能夠使用沒有學會技能的魔法。

「做做看～」

為了讓小玉削雷石，我將銼刀和小盤子交給充滿幹勁的她。

興致勃勃的小玉集中力很驚人。途中她失敗許多次，例如被電到而發出「劈里劈里～」的慘叫、因為突然爆發的亮光導致自己搖搖欲墜地說「眼睛閃亮亮～」，或是自己和波奇的頭髮因為靜電而炸起來等。

即使如此，在隔天的休息時間——

「小玉很厲害喲！」

「成功了～？」

——她發射出小型閃電。

「唔嗯、唔嗯，成功了嗎？那麼能製作出和魔刃一樣的刀刃嗎？」

「做做看～」

是因為剛才的閃電抓住訣竅了嗎？小玉將紫電纏繞在刀刃上，製作出電刃般的刀刃。

「還能這樣～？」

接著又用火石粉末讓火焰纏繞著魔刃打造出火焰刀。

「原來如此，進展到這個地步了嗎……」

賢者佩服地看著小玉。

「小玉，波奇想看劍扭來扭去喲！」

波奇像軟體動物一般扭動身體及手臂並提出要求。

「系。」

聽到波奇這麼說，小玉讓火焰刀和雷刃產生扭曲，像鞭子或蛇腹劍一樣動了起來。

「——什麼！」

面對這預料之外的情境，賢者一臉驚訝地愣住了。

「……小孩子的想像力真是美妙。」

賢者輕咳一聲掩飾尷尬，從手上的法杖取下一顆黑色的石頭交給小玉。

根據ＡＲ顯示，這顆黑色石頭並非闇石，而是一種從未見過、叫做影石的屬性石。

「這個給妳吧。」

小玉抬頭看著我，似乎在猶豫該不該收下。

「這東西似乎很稀有，真的可以嗎？」

「無妨。我想看看這位小姑娘能用影石創造出什麼樣的奇特現象。」

既然如此，應該沒問題吧——我對小玉點了點頭後，她戰戰兢兢地伸手接過賢者遞出的影石。

「影石是用來輔助能對影子進行干涉的影魔法物品。試著對影子用用看吧。」

「系。」

小玉使用影石粉末之後，影子微微地產生晃動。

「哦，Amazing～？」

或許是因為很高興可以碰到影子，小玉露出純真的表情拍打影子。

「好厲害喲！波奇也想要Amazing喲！」

拿到粉末的波奇雙眼閃閃發亮，豪爽地將粉末撒向影子。

「——啊。」

波奇和小玉「砰」的一聲掉進影子裡。

莉薩連忙抓住兩人的衣領，將她們拉了起來。

「好、好危險喲。」

「波奇，好好反省。」

「是喲。『Amazing』對波奇來說有點太早了喲。」

波奇擺出似乎是亞里沙教的「反省」姿勢道歉。

「——右側道路感知！又是高速型！」

負責站哨的魔法兵大喊。

幾隻豹型沙塵兵從不彎腰就無法通過的狹窄通道衝了出來。

因為早就透過雷達察覺到，我原本想去踢倒牠們，賢者卻伸手制止了我，於是我決定交給他解決。

「……■影鞭。」

從沙塵兵的影子中伸出的影鞭如同漁網般展開，將沙塵兵一網打盡。

雖然小玉也想用影石粉末進行模仿，卻不太順利。

「好難～？」

「果然無法在短時間內學會嗎……繼續努力吧。」

「系。」

賢者看到點頭的小玉露出滿意的表情。

在他的背後，偵查兵們湧向無法動彈的沙塵兵面前給予致命一擊。

◆

接著第三天早上，前去偵查的斥候賽娜在最深處的房間發現魔王的身影。

『魔王的樣子有點奇怪。』

收到斥候賽娜的報告，為了不發出聲音而脫去金屬鎧甲的勇者隼人和我一同前去確認魔王的情況。

「……穿上了鎧甲嗎？」

魔王全身包覆著漆黑的鎧甲。

「牠的身影正在搖晃，應該是高濃度的瘴氣吧。」

「這麼一來接觸會很不妙啊。」

「是的。雖然我認為不到隼人大人被扔的瘴氣塊那種程度，但還是不要和牠近距離纏鬥比較好。」

從魔王的鎧甲縫隙窺見的面容和身體就像失去皮膚一樣，肌肉纖維裸露在外。

給人的印象就像沐浴了「魔神的產物」殘渣的「紅繩魔物」一樣。

「在開戰前施加能應付瘴氣的支援魔法吧。」

勇者隼人一邊這麼回答，一邊凝視魔王。

大概是在用鑑定技能查看魔王的能力吧。

「……不會吧。」

「有什麼問題嗎？」

雖然我已經藉由AR顯示的魔王情報知道他為何會如此驚訝，還是為了確認試著詢問。

「魔王的等級提升了。之前還不如老子，現在已經比老子高了。」

勇者隼人露出苦澀的表情。

見到原本六十二級的魔王沒幾天就變成七十二級，任誰都會露出這種表情吧。

順帶一提，勇者隼人的等級是六十九，因此等級差距並不致命。

「是藉由殺死沙塵兵部下來提升等級的嗎？」

「那是不可能的。等級越是增加，升級所需的經驗值就會越多。五十級和六十級左右的需求差距高達一倍以上，到了七十級恐怕還會再翻倍。」

我們從最深處的房間返回，路上勇者隼人這麼向我說明。

他在魔窟擊敗如此大量的沙塵兵，等級卻還是與我們在公都相遇時相同，光從這點看來，就能明白魔王的等級提升有多麼不尋常。

「恐怕是用了魔王之前扔向老子的那個球吧。」

勇者隼人按住手臂低語。

——我想起來了。

這麼說來，沐浴到「魔神的產物」殘渣而「變身」的奇形大鼠也從二十級左右提升到了五十級。

如果那顆球和殘渣是同一種東西，那麼魔王的等級提升似乎也說得過去。

「當這條手臂被那顆球侵蝕的時候，除了感到劇烈的疼痛以及心臟被抓住的恐懼之外，也有一種那是力量聚合物的感覺。」

與其說他是在講給同行的我和斥候賽娜聽，不如說更像是在自言自語。

「如果當時接受了那股力量，老子就能得到足以壓制那傢伙的力量——」

「隼人大人。」

見他的想法逐漸變得危險，因此我出聲向他搭話。

「只要隼人大人和各位隨從同心協力，一定能夠獲勝。」

「佐藤。」

我朝看著我的勇者隼人點了點頭。

「雖然力有未逮，但我們也會盡力幫忙。」

「說得沒錯喔~隼人。我們絕對會讓隼人獲勝，要更信任我們一點啦~」

「說得也是呢，賽娜。看來老子有點怯步了。」

斥候賽娜半開玩笑地說完，緊張不已的勇者隼人見狀也恢復笑容。

「是魯德路～」

「卡溫德也在喲！」

發現魔王之後又過了兩天，黑騎士琉肯和沙珈帝國的武士們與我們會合。

「波奇和小玉也很有精神，真是萬幸。」

「妳們活力滿點是也呢，小不點們。」

兩名武士與小玉和波奇互相擊掌打起招呼。

據說他們的感情是在切磋交流的時候變好的。

「那些慢吞吞的傢伙終於來了嗎？這下總算可以開始討伐魔王了。」

「你說什麼，不過是神殿的狗！」

「區區防銹騎士根本派不上用場！」

使用聖劍的神殿騎士梅札特和黑騎士琉肯開始吵起架來。

順帶一提，神殿騎士們抵達這裡也不過是五小時之前的事。

「快點準備！別再讓我們等下去了！」

「梅札特大人，作戰開始是三刻半（註：日本舊制時刻以一刻兩小時計算）之後喔。」

梅莉艾絲特皇女對氣勢洶洶的神殿騎士叮嚀。

「琉肯也別浪費多餘的體力，去和剛到的人一起小睡一會兒消除疲勞。」

勇者隼人安撫兩人，示意他們去休息。

「佐藤，我們走吧。」

斥候賽娜前來呼喚我。

她和我要先一步前往魔王逃亡的地點——第六魔窟。

「我明白了——那我就先離開嘍。」

「主人，不要亂來喔。」

「亞里沙妳們也要小心，不要受傷了喔。」

我簡單地提醒夥伴們之後，接著與斥候賽娜一起讓後續部隊的空間魔法使用歸還轉移把我們送回地面。雖然勇者隼人的部隊裡也有空間魔法使，但要是把只有一名的空間魔法使帶走，發生緊急狀況時將會無法應付，因此才會等待後續部隊到來。

「——好噁心。我果然還是不喜歡轉移。」

斥候賽娜一副搭乘交通工具暈眩的表情，喃喃自語地說。

同感。由於我和亞里沙的歸還轉移不會有這種感覺，原因大概是空間魔法使的技能等級不夠高吧。

我向空間魔法使道謝，跟著斥候賽娜坐上沙珈帝國的高速飛空艇。

早已完成出發準備的高速飛空艇，在我們搭上後還沒關緊艙門就起飛了。

速度伴隨著轟鳴聲不斷增加，宛如要撕裂乾燥的空氣般朝第六魔窟飛去。

◆

「佐藤，現在開始要跟時間賽跑嘍。」

「我明白。請跟我來。」

我用斥候賽娜勉強能跟上的速度在第六魔窟中奔跑。

雖然時間本來很充裕，但是黑騎士將三刻半——也就是七小時的後續部隊休息時間壓縮成四小時，導致我們被迫得全力移動。

幸好通信魔法裝置在高速飛空艇即將抵達第六魔窟時傳來聯絡，因此似乎能勉強趕上。

路上見到的沙塵兵都很倒楣地被我踢飛魔核加以排除，因此能在不降低速度的情況下穿過牠們。

「哈哈哈，不愧是被隼人稱為朋友的人呢～」

「妳看起來還很有餘力呢。那就再稍微提升速度吧。」

「沒有、沒有！我已經快到極限了！那種速度不行啦啊啊啊啊啊啊啊啊啊啊！」

我看斥候賽娜似乎還很從容，便進一步提升速度。

多虧這番努力，我們在勇者隼人他們展開戰鬥前抵達隱藏通道。

從這裡開始要求隱祕行動。

因為這裡到處都有魔王信奉集團「自由之光」的人在閒晃。

『再次確認作戰計畫。』

我透過空間魔法「眺望」和「遠耳」知曉勇者隼人他們的戰況。

這次由於距離太遠，無法使用亞里沙的「戰術輪話」，所以我用了自己的空間魔法。

『首先讓梅莉等後衛釋放攻擊魔法，這樣應該能夠殲滅雜碎沙塵兵。然而即使如此，五隻大型沙塵兵應該還是會有幾隻活下來，牠們就交給琉肯隊、梅札特隊、甜心隊，以及隨從隊來應付。』

勇者隼人依序看向各支隊伍。

『在所有人打敗大型沙塵兵之前，就由老子來牽制魔王。打倒負責的大型沙塵兵之後，別忘記去幫助其他隊伍。等到雜魚全部清除完畢之後再去解決魔王。』

他會長時間地注視黑騎士隊和神殿騎士隊，大概是為了要他們別無視作戰擅自行動吧。

『大家一起打敗魔王，活著回去吧！』

勇者這麼做出總結，前往能俯瞰最深處房間的高臺。

『魔法班開始詠唱，結束之後等梅莉的信號。』

梅莉艾絲特皇女透過「神授護符」開始同步詠唱。

她大概是要用戰術級的禁咒吧。亞里沙和蜜雅分別詠唱火和水的上級魔法；賢者詠唱的不是影魔法，而是土系的上級魔法。

「佐藤。」

或許是太專注於空間魔法傳來的影像和聲音，斥候賽娜的呼喚讓我嚇了一跳。

「有巡邏的足跡。看起來還挺新的喔。」

「那麼接下來就用手勢溝通吧。」

雖然我一邊避開雷達上顯示的成員一邊前進，但由於無法把這件事告訴斥候賽娜，因此我用還算可以的方式回答她。

當我正在回答斥候賽娜的問題時，針對魔王的魔法攻擊開始了。

最深處的房間頓時充滿煙霧，從中可以看見疑似亞里沙釋放的業火奔流呼嘯而過。

蒸汽與火焰吹散煙霧，魔王四周的狀況開始逐漸變得清晰。牠的四周被看似由賢者所施展、從地面冒出的石柱所包圍，同時有三隻左右大型沙塵兵滿身瘡痍地勉強活了下來。

總覺得魔王被禁咒擊中也沒受到多少傷害，肯定是因為反射光鱗很優秀吧。

賢者的土魔法範圍似乎很大，巨大的石柱到處冒了出來，打倒相當數量的中型沙塵兵。

『要上嘍！跟著老子衝！』

勇者隼人依照作戰計畫朝魔王發起突擊，剩下的成員衝向三隻大型沙塵兵。

那些大型沙塵兵似乎分別由勇者的隨從負責中央，黑騎士為首的沙珈帝國軍負責左邊，聖劍使為首的神殿騎士們負責左邊。夥伴們則作為遊擊隊支援陷入苦戰的地方。

我一邊守望那邊的戰鬥，一邊和斥候賽娜穿過「自由之光」的警戒網不斷前進。

「佐藤，還沒抵達目的地嗎？隼人他們開始和魔王交戰了喔。」

斥候賽娜顯得很著急。

她們持有的「神授護符」似乎能互相發送簡單的信號。

「就快到了。」

我瞄了一眼地圖這麼回答。

距離已經沒剩多少。

——GZYGABBBBO。

渾身纏繞反射光鱗的魔王發出咆哮。

『呀哦～？』

『知道魔王在說什麼嗎，我這麼詢問道。』

『小玉不知道～？』

『波奇也不太明白喲。』

我聆聽著夥伴們的對話繼續前進。

雖然之前認為「或許不用戰鬥就能與魔王和解」，但由於魔王化程度過深，似乎變得沒辦法交談了。

「佐藤，好像有人在。」

「應該是『自由之光』的成員吧。稍等一下，我們要走那條通道。」

因為走其他通道會繞一大圈，因此我們躲在岩石背後等待那些傢伙通過。

當我們等待的時候，另一邊活下來的三隻沙塵兵也都被解決，只剩下魔王一個了。

『魯德路！可惡的魔王！』

其中一名武士被爪子一掃退出戰場，被魔王抓住的神殿騎士身上冒出黑色的蒸汽變得像木乃伊般乾枯。

魔王遠比之前遇見時強上許多。不光是等級，其他方面似乎也變得很棘手。

雖然聖劍使和黑騎士意外地有所表現，但能造成有效攻擊的似乎只有受到隨從支援的勇者隼人。

莉薩朝魔王的手臂刺出長槍。

魔王瞄準停止動作的她，將反射光鱗撒了過去。

『莉薩小姐！』

『莉薩由我來保護，我這麼宣言道！』

娜娜用附加了閉鎖展開堡壘防禦的大盾，從反射光鱗之下保護莉薩。

『很危險喔～？』

『謝謝小玉喲！』

小玉用拋棄式的防禦盾方陣，擋下魔王想要擊飛波奇的尾巴攻擊。

緊握的雙手滲出汗水，我在心裡默默地幫夥伴們加油。

魔王吐出沙之吐息，打算一口氣解決夥伴們。

『……■積層鋼壁。』

雖然賢者造出的牆壁只擋住沙之吐息幾秒就消失，但夥們們在這幾秒的時間內逃到安全範圍內。他意外地幹得不錯，要是他再稍微晚一點，或許我會不顧一切用單位配置將夥伴們拉到我身邊。

賢者似乎打算貫徹輔助身分，他不斷地使用妨礙魔法和剛才的防禦魔法，不分陣營地進行支援。

但由於他不發一語地進行輔助，有時乍看之下像是在妨礙，因此遭到黑騎士痛罵。

「是這裡嗎？還真是寬敞呢～」

在我守望著魔王戰的期間，我們抵達目的地。

這裡大約有十幾個東京巨蛋這麼寬敞，感覺可以一開始就發射禁咒。

有大窟窿的地面和天花板像鐘乳石洞一樣到處都是起伏，感覺不會缺乏遮蔽物，因此我挑選了幾個能讓後衛布陣的地方。

地面有許多沙坑，沙子表面有毒蟲來回不斷地爬行。

「那個就是祭壇？」

我朝賽娜所指的方向看去。

中央有個比其他地方低上一截，像是窪地的地方設立著祭壇。

祭壇上有一座看起來很邪惡的石像，同時佇立著幾根像是要包圍石像、不規則地突出的柱子。

雖然因為太暗而看不清楚，但被僅存光源映照著的柱子上，刻著表情苦悶的詭異人臉。要是長時間盯著看，感覺半夜會作惡夢呢。

「嗯，看來沒錯。」

附加在地圖上的標記說明就是那裡。

「自由之光」的成員們在那裡發出宛如誦經一般的聲音，做著彷彿像是儀式的事，柱子外面有三十二隻被魔族附身的沙塵兵正在待命。

大部分的沙塵兵都在三十級左右，另外還有兩隻五十級，以及兩隻六十級的。

留下其中一隻五十級的當作夥伴們的獵物，其他三隻就混在開幕的魔法攻擊中處理掉吧。不穩定因素就應該提前排除。

我一邊思考這些事，一邊用空間魔法觀望夥伴們與勇者隼人的戰鬥。

之後就是等勇者把魔王逼到走投無路，追著逃跑的魔王抵達這裡了。

「你覺得魔王真的會來嗎？」

「會過來喔。」

因為擔心夥伴們，我隨口回答斥候賽娜的問題。

在隨從們的組合攻擊後，聖劍使和黑騎士的必殺技命中魔王，勇者隼人灌注獨特技能和聖句強化的必殺技朝反射光鱗用完的魔王砍了過去。

——ＧＺＹＧＡＢＢＢＢＯ。

被砍斷一隻手的魔王發出慘叫，從勇者的面前消失蹤影。

「——真的過來了。」

當魔王從對面消失之後，緊接著便出現在祭壇的位置上。

ＡＲ顯示牠的體力計量表還有六成左右。

「是啊，接下來就輪到賽娜小姐了。」

「我知道。」

斥候賽娜從懷中拿出護符。

那個護符正微微地閃爍著。

「那邊似乎已經做好準備了——要開始嘍，佐藤。」

我向緊張的斥候賽娜點了點頭。

「偉大的巴里恩大人！我在此獻上願望和壽命，請成就勇者召喚吧！」

斥候賽娜閉起眼睛，將護符握在胸前祈禱。

「我是隨從！勇者隼人的隨從賽娜！」

她胸前的「神授護符」回應她的祈禱，釋放出閃光般的藍色光芒。

魔族沙塵兵和拔出彎刀的「自由之光」成員們見狀從祭壇的方向朝我們走來。

「果然會被發現呢～」

雖然斥候賽娜開著玩笑，但進行勇者召喚似乎帶來不小的負擔，她正不斷冒出冷汗。

「非常漂亮喔。」

我是指護符發出的光芒。

「被你這麼誇獎讓人怪不好意思的呢～不過我的心和生命都屬於隼人喔。」

正在進行儀式的成員們以及剛轉移的魔王都蹲在祭壇周圍一動也不動。

但在周圍待命的沙塵兵以及拿著彎刀的成員們則以怒濤之勢朝我們衝了過來。

「這下有點不妙了呢～」

斥候賽娜用自動填充箭矢的連射十字弓迎擊打頭陣的高速型沙塵兵。或許是因為疲勞，命中率有點差勁。

我也不斷用弓狙擊飛行型的翅膀根部及高速型的膝關節。

步幅較大的大型沙塵兵只用短短十秒左右就來到我們面前。

「在隼人過來之前我可不能死。」

「賽娜小姐不會死喔。」

這是因為——

勇者總是會在危急時刻出現。

勇者隼人

「老子為了完成年幼女神巴里恩的使命而環遊世界。雖然被經歷千辛萬苦找到的魔王逃跑好幾次，最終還是將牠逼入絕境。接著只剩下同心協力解決牠了——勇者隼人．真崎說。」

「老子登場！」

穿過宛如波浪起伏的特效，次元潛航船朱爾凡爾納從次元狹縫回到原本的世界。

——找到了。

在昏暗空間的另一端。

受到紫色光芒照耀的魔王就在那裡。

雖然老子並非不相信佐藤的話或是賽娜的通信，但這樣親眼所見，才總算能產生把牠逼到絕境的感覺。

視線角落有賽娜和佐藤的身影。

「讓你們久等了！」

沙塵兵連同手持散發銀光的彎刀、身穿詭異服裝的傢伙們逐漸迫近他們兩人。

「主砲齊射！」

老子朝電話筒風格的通信器大喊，做好發射準備的朱爾凡爾納主砲射出光束將沙塵兵一網打盡。

佐藤和賽娜就像在配合主砲發射般，往後拉開距離。

——挺了解的嘛。

「琳，趁現在！」

「——雷迅滅葬！」

在老子的示意下，等待時機的梅莉她們釋放同調魔法。

有大窟窿的天花板與地面之間冒出幾道小型閃電，纏繞在魔王和沙塵兵身上。在意外樸素的徵兆之後，轟鳴聲和閃光頓時充滿整個大窟窿，大量的煙塵伴隨著強烈的臭氧氣味冒了出來。

這招無論看幾次，威力都還是那麼驚人。

地面的賽娜等人被大量的煙塵掀飛，就連浮在空中的朱爾凡爾納都產生搖晃。

雖然有點擔心，但賽娜和佐藤應該能巧妙地撐過去。

「還有七隻左右的大傢伙活了下來喔。」

「那些大傢伙都被魔族附身了吧?畢竟牠們都很頑強。」

我計算起透過煙塵見到的影子。

不曉得是不是錯覺,實力特別強悍的兩隻消失了。雖然看起來是足以擬態成魔王的六十級沙塵兵,但似乎只是虛有其表。

「不愧是主人、不愧是主人——蜜雅!」

「海龍白閃!」

就像要蓋過甜心的聲音一般,精靈小妹妹發動了預留的魔法。

龐大的魔力化為魔法,如同雷射般的超高壓旋渦水流轟飛大型沙塵兵的頭部,並直接朝魔王射了過去。

因為威力完全不像上級魔法,那肯定是精靈族祕傳的禁咒吧。

雖然是足以被分類成禁咒的驚人魔法,卻沒能對魔王造成多少傷害。牠利用重疊的反射光鱗使禁咒的軌道產生偏移。

射偏的水流擊碎天花板,鐘乳石和岩石伴隨著沙土掉了下來。

「蒼焰地獄!」

甜心緊接著發動禁咒。

將火焰系上級魔法「火焰地獄」的火焰顏色變為蒼藍的灼熱奔流,吞噬了大型沙塵兵與

魔王。

雖然收束程度看來略遜於精靈小妹妹的禁咒，但效果範圍與滲透性還是「蒼焰地獄」較為出色吧。

藍色火焰穿過反射光鱗灼燒魔王的身體，灼熱的蒸氣奔流以驚人速度逼近老子一行人。

老子舉起聖盾，不過保護朱爾凡爾納的力場先一步擋住了水蒸汽。

大概是因為精靈小妹妹釋放禁咒時留下的水被急速加熱，從而引發水蒸氣爆炸了吧。

「似乎只剩下魔王和一隻大型沙塵兵了喔。」

牠們都受到沉重的傷害，無法立刻展開行動。

「小不點們挺能幹的嘛。」

「說得沒錯，真是後生可畏。」

雖然不及梅莉她們藉由護符同調使出的禁咒，但我認為只要兩人合力就能發揮出不相上下的威力。

甜心她們用盡魔力倒在地上。

不過嘛，梅莉她們大概也要暫時用魔法藥和技能努力恢復魔力吧。

就下來就輪到我們了。

「勇者大人，敵人已經無計可施了！」

在朱爾凡爾納著陸的同時，黑騎士琉肯衝了出去。

「我乃巴里恩神國最優秀的使劍者，受到聖劍布爾特剛認同的神殿騎士梅札特！」

神殿騎士梅札特也帶著聖劍的藍色光輝追了上去。

還來不及阻止，急於搶功的兩人已經無視作戰衝了過去。

「那兩個蠢貨——」

賢者大人一臉不悅地抱怨。

從沙堆裡爬出來的賽娜和佐藤朝我們跑了過來。

「幸好敵人只剩魔王和一隻大型沙塵兵。我想把大型沙塵兵交給佐藤你們；魯德路和卡溫德兩人則按照作戰計畫援護佐藤他們。也麻煩賢者大人支援了。」

確認所有人都點頭同意後，老子用飛翔鞋飛了起來。

露絲絲和菲菲躍出船艙的聲音從背後傳來。我稍微回頭一看，發現薇和賽娜也跟著她們出來。

她們身後的朱爾凡爾納船體沉入次元狹縫中。

佐藤他們與魯德路及賢者大人一起引開大型沙塵兵的注意，似乎是為了讓老子這邊方便行動，打算將其引到遠離魔王的地方。

畢竟賢者大人也在，如果是佐藤他們，一定能完成自己的使命才對。

——ＧＺＹＧＡＢＢＢＢＯ。

魔王發出咆哮，輕鬆地應付著先一步出發的琉肯和梅札特大人。

雖然兩人完全拿魔王沒轍，但他們絕對不弱。被授與試作型黑騎士裝備的琉肯就算在以精銳頻出而廣為人知的沙珈帝國也是屈指可數的騎士；受法皇託付聖劍的梅札特大人則是巴里恩神國第一的神殿騎士。

他們兩人卻如同蒼蠅般遭到驅趕。

——不愧是魔王，作為老子的對手再合適不過。

「剛力招來，《吟唱吧》阿隆戴特！《演奏吧》托納斯！」

老子使用筋力增強系的身體強化技能，接著詠唱聖劍和聖鎧的聖句。

聖鎧的胸口位置溢出清澈的藍色魔力，經由老子流入聖劍。

控制住即將沉浸在幾乎無所不能強大力量的內心，老子使出巴里恩神授予的獨特技能。

「吾之聖劍為『最強之矛』，吾之盾牌乃『無敵之盾』！」

藍色磷光注入老子的身體兩次。

魔王就在眼前。為了從琉肯他們讓魔王產生的破綻乘虛而入，老子用瞬動衝進牠懷裡。

「閃光螺旋突刺！」

瞄準魔王的心臟放出必殺技。

聖劍濺出藍色火花貫穿好幾枚障壁，劍尖逐漸逼近魔王的心臟。

——GZYGABBBBBO。

黑紫的金色光芒匯聚在劍刃前方。

那是魔王製造出來的「反射光鱗」。

老子豁盡全力扭動身體用力踏出步伐，試圖貫穿保護魔王的反射光鱗。

光鱗既堅硬又厚重。雖然附加「最強之矛」的聖劍以符合獨特技能名稱的方式貫穿光鱗，但中途遭遇了十分巨大的阻力。

而且魔王再度製作出數枚反射光鱗擋在聖劍前方。

最終老子的攻勢也停了下來。

——GZYGABBBBBO。

魔王連同被聖劍刺中的反射光鱗一起甩動身體，破壞老子的平衡。

隨後牠那如同蛇腹劍般的尾巴從老子持盾的反方向逼近。

魔王凶惡的相貌因愉悅而扭曲，大概是確信自己將會獲勝吧——太天真了。

就讓老子告訴你，你的對手究竟是何方神聖吧。

老子用飛翔鞋在空中一踏，藉由使身體上下顛倒，在不放開聖劍的情況下用聖盾擋住蛇腹劍。

藍色和暗紫色的光激烈碰撞，但牠絕對無法貫穿具備「無敵之盾」之力的聖盾。

多虧帶有必殺威力的蛇腹尾巴，聖劍才得以從緊緊卡住的反射光鱗脫身。

魔王揮出追加的毒爪攻擊。

真的好嗎？要是光顧著應付老子——

「喝啊啊啊——雙刃亂舞！」

「去死吧！獸王斬門！」

從魔王的死角竄出，大劍二刀流的露絲絲發出豪邁的亂舞粉碎魔王的障壁，揮舞巨大長柄斧的菲菲藉由必殺技的沉重一擊敲毀魔王的瘴氣鎧甲。

——GZYGABBBBO。

由於意料之外的攻擊而感到焦慮的魔王到處亂揮反射光鱗，但露絲絲和菲菲早已退到了安全範圍。

「唔喔喔喔喔！」

「接受天罰吧！」

琉肯使用帶著紅光的魔劍，梅札特大人則揮動綻放出耀眼藍色光芒的聖劍布爾特剛砍向魔王。

——GZYGABBBBO。

不妙。

魔王已經看穿他們兩人的攻擊。

「要來嘍！」

老子的警告還來不及說完，反擊的反射光鱗便襲向兩人。

「嘚唔唔唔嗯！」

「呿————！」

雖然兩人迅速作出反應，還是在反射光鱗的洗禮下承受不小的傷害。

琉肯裝備的黑鋼製鎧甲很堅固，就算是反射光鱗也無法一擊斬斷。但梅札特大人的祕銀合金鎧甲比黑鋼來得脆弱，似乎因為反射光鱗失去了盾牌和一隻手的樣子。

「蘿蕾雅、薇，拜託妳們了！」

薇撿起梅札特大人的手臂，蘿蕾雅用神聖魔法將他的手臂重新接了回去。

琉肯好像只受了點擦傷。

「可惡的鱗片！」

「真難對付。」

露絲絲和菲菲拚命閃避著反射光鱗。

反射光鱗果然很棘手。不僅防禦力優秀，還具備能切斷鎧甲的攻擊力，對穿著一席輕裝近距離作戰的露絲絲和菲菲來說似乎很辛苦。

「唔喔喔喔！」

琉肯出乎意料地有用。

多虧他即使受傷也繼續在前線擔任副坦的緣故，老子才有餘力能稍微削減魔王的體力。

重回戰線的梅札特大人也不再使用大招，而是踏實地用聖劍造成傷害。

只要忍到梅莉和琳的魔力恢復，應該就有獲勝的機會才對。

「露絲絲——！」

閃避失敗的露絲絲摔到地上掀起煙塵不斷翻滾。

「唔喔啊啊啊啊啊啊啊！」

這次是琉肯沒能完全招架攻擊，連同盾一起被打飛出去。

果然重點是等級差嗎——

對老子來說能承受的攻擊，對露絲絲她們與琉肯等人來說可能會致命。

魔王的等級是七十二，姑且不論六十九級的老子，以琳的五十八級為首，夥伴們的等級大多在五十五級左右；而琉肯和梅札特的等級都是五十一級。

——話雖如此，等級只是個指標。

曾經戲弄老子的黃色上級魔族雖然也是七十一級，卻遠比這位魔王更加難纏。擁有身經百戰的經驗和無數魔法當後盾的傢伙比單純只靠力量的對手更加危險。

然而即使如此，也不代表這位魔王很弱。

為了儘量讓我方的戰況變得有利，老子一邊戰鬥一邊檢查魔王的狀態尋找弱點。

這麼說來，魔王的狀態變成了「汙穢」，就跟被魔神詛咒時的老子一樣。

難不成牠詛咒了自己？

還是魔王化加劇了呢——

「唔啊啊啊啊啊啊！」

賢者大人從魔族沙塵兵的方向被打飛過來，猛然撞上魔王的頭部。

「那是在幹什麼？」

「哦，挺厲害的嘛。」

賢者大人用影魔法遮住魔王的視線。

——道具箱？

可以看到賢者大人抓住魔王的頭，從道具箱中取出某種東西。

當他從魔王身邊跳離的同時，魔王頭部發生猛烈的爆炸。

——GZYGABBBBO。

魔王發出痛苦的咆哮。

「居然爆炸了？」

「是設置了炸彈嗎？」

雖然威力看起來普普通通，但魔王也因此露出了較大的破綻。

琉肯和梅札特大人看準那個破綻展開一氣呵成的攻勢。

「唔喔喔喔喔喔喔喔！黑薔薇亂舞！」

琉肯的魔劍不斷冒出漆黑薔薇花瓣飛散的特效，同時朝魔王揮出怒濤般的連續攻擊。看起來真是豪邁。

「與《榮譽》同在——天威滅閃！」

聖劍布爾特剛得到梅札特大人的聖句強化，拖曳著耀眼的藍光掃向魔王的身軀。

這一劍挖開魔王的皮膚表面，不久之後傷口噴出沙色的血液。

「挺能幹的嘛——雙刃亂舞！」

「哦啦哦啦，去死吧！——獸王斬門！」

露絲絲和菲菲的組合技頂起魔王的下顎，讓牠失去了平衡。

「希嘉王國制式劍術，奧義——櫻花一閃！」

琳用瞬動從後方衝了上來，伴隨著櫻花花瓣四散的特效用空步在空中奔馳，朝著魔王毫無防備的喉嚨使出必殺的一擊。

「太淺了——」

琳不甘心地發出低語。

她只劃開魔王三分之一左右的喉嚨。

「——絕命突刺！」

賽娜從背後悄聲無息地接近，朝魔王的頸椎刺出一擊。

雖然賽娜直接命中魔王因為夥伴們的連續攻擊而失去障壁的脖子，但透過攻擊力低落的短劍發出突刺似乎沒能給魔王造成多大的傷害。

接著賽娜配合魔王甩動身體的動作脫離戰線。

「《吟唱吧》阿隆戴特！《演奏吧》托納斯！」

老子再次發動失去效果的聖句。

藍色光芒包覆老子的身體，聖鎧胸口溢出的清澈魔力流進聖劍之中。

「束縛吧——鎖箭陣結界！」

薇射出的箭形成結界，束縛住本想採取行動的魔王。

「不愧是薇，幹得漂亮。」

接下來輪到老子了。

「——閃光延烈斬！」

老子用力踏出一腳掀起煙塵，從往後收起聖劍的姿勢用力揮出，一鼓作氣發出必殺技。
聖劍的軌跡劃出藍色弧線，留下的殘渣也化作弧狀光線四散。
魔王的首級被砍下，失去頭部的巨大身軀倒向地面。
「幹掉了嗎！」
看到那一幕的琉肯大喊。
「好像還活著。」
老子的鑑定技能這麼顯示。
「影之牢獄。」
「理力縛鎖。」
賢者大人和梅莉的魔法束縛住魔王的身體。
老子走近魔王，高舉聖劍俯瞰魔王的頭部。
「這樣就結束——」
「隼人！」
當琳發出警告的同時，某樣東西從死角飛了過來，被老子反射性地用聖劍劈成兩半。
「——稻草？不對，這是玩偶嗎？」
老子有些疑惑地看著某個被自己劈成兩半的物體真面目。

——ＧＺＩＭＧＹＢＢＢＯ。

魔王的頭部發出慘叫。

發紅的雙眼一心一意注視著變成兩半的玩偶。

不會錯的。那是魔王闖進大聖堂試圖奪回的玩偶。

它為什麼會在這裡？不對，到底從哪裡飛過來的？

犯人就在岩石後面。牠是個體型和小狗差不多的小型魔族，正以「嘻嘻嘻」的刺耳聲音發出嘲笑。

「——隼人！」

擁有直覺技能的露絲絲放聲大喊。

她眼睛注視的方向，魔王附近的沙子看起來正在微微地蠢動。

「快離開魔王身邊！」

老子如此大喊，接著立刻重複使用獨特技能「無敵之盾」。

做出反應的只有露絲絲和菲菲兩人。一臉困惑的琉肯和梅札特大人還來不及迴避，帶著紫電的強烈沙塵暴便吞噬了老子一行人。

襲向老子身體的沙塵暴強烈到即使身穿藉由獨特技能強化的神聖防具，還是覺得身體彷彿會被搗碎一般。

看似永恆的拷問總算迎來終結。

身處逐漸消退的沙塵暴中，老子從盾的後方確認夥伴們的情況。

後方的蘿蕾雅和梅莉平安無事。她們似乎利用為緊急情況時準備的大盾與事先使用的神聖魔法撐過了沙塵暴。

迴避行動趕上的露絲絲和菲菲雖然滿身瘡痍，依舊成功撤退到蘿蕾雅附近。而薇好像使用「神授護符」進行防禦。雖然我很高興她活了下來，然而付出巨大代價的她已經陷入過勞狀態。

然後是甜心她們——

使用大盾的娜娜雖然半個身體遭到沙子掩埋，被她保護在身後的甜心她們所有人都平安無事。

不愧是「不見傷」的潘德拉剛。

儘管與甜心她們交戰的魔族沙塵兵被沖到牆邊，由於對方具備物理抗性，因此還活著。

至於其他成員——

雖然沒看到賢者大人的身影，但老子不認為他會死。他恐怕是利用影魔法躲到影子裡去了吧。

魯德路和卡溫德兩人雖然肋骨和手臂骨折，姑且算是平安。

琉肯勉強還活著。身受重傷的梅札特大人則被沖到甜心她們身邊，手腳朝奇怪的方向彎曲。要是就這麼放著他們不管會很危險，可是老子沒有餘力將蘿蕾雅派往遠處的兩人身邊。

幸好佐藤他們已經前去救援了，現在就相信他們吧。

比起那個，更重要的是魔王。

被老子砍斷的頭部不僅再次接了回去，體力和魔力也恢復如初。

情況不光是回到原點那麼簡單，而是變得更為惡劣。牠的身體不僅大了兩圈，手臂變為四條，還長出類似蝙蝠的翅膀。

那些倒還無所謂。復活的魔王外表變得更加凶猛這種事，遊戲中也經常發生。

問題在於等級。如今經過確認，發現原本七十二級的牠，等級上升到八十二級。這麼一來別說是夥伴們，就連老子說不定也會陷入苦戰。

——GZIMGYBBBO。

魔王的身體流過會誤以為是黑色的暗紫色光芒，創造出十幾枚反射光鱗。

看來差不多要開始下一個回合了。

◆

——GZIMGYBBBBO。

魔王發出咆哮，無差別地發出第二、第三波沙塵暴。

第二回合的戰鬥才開始不久，由於無法對抗連發沙塵暴的魔王，老子一行人躲到遮蔽物的背後試圖重整旗鼓。

佐藤等人已經帶著魯德路他們撤退到通道上。雖然魔族沙塵兵似乎追了過去，但佐藤一行人肯定能夠解決牠們。

老子依序看著一同避難的夥伴們的臉。

「接下來前衛由老子單獨負責，露絲絲和菲菲去當梅莉她們的護衛。」

「我們跟你一起去。」

「是啊，這條命死不足惜。我會製造出能讓隼人對魔王發出攻擊的破綻。」

「……露絲絲、菲菲。」

老子將手疊在刻意用輕鬆語氣說著話的兩人手上。

「梅莉，一旦老子摧毀了魔王所有防護，妳們就趕在牠補充之前全力施展禁咒。」

「知道了。」

「……隼人。」

梅莉和琳表情悲痛地低著頭。

她們似乎察覺到老子沒有明說，「連同老子一起當作禁咒的靶子」這句話。

「薇和賽娜就負責從遠距離進行狙擊，以及回收被打倒的露絲絲和菲菲。」

「唔哇，把我們被打敗當作前提嗎？」

「沒有人這樣講話的吧，隼人。」

老子配合開起玩笑的兩人，語氣輕鬆地說出「抱歉、抱歉」答覆著，藉此甩開沉重鬱悶的氛圍。

不過老子沒有能好好演繹的自信。

「不過，千萬別死喔。只要不死，蘿蕾雅就能治好。」

接著老子從「無限收納庫」中拿出魔法藥分配給夥伴們。

「從一開始就全力以赴，要在加速藥用完之前打倒魔王。」

「「「喔！」」」

由於使用加速藥的副作用非常大，因此老子過去盡可能不去用。

調查魔窟時也完全沒有用過，是一項至今在魔王戰也從未使用的王牌。

經過支援魔法多次強化之後，老子使用聖句和獨特技能從遮蔽物後方衝了出去。

「——閃光延烈斬！」

老子用必殺技打飛衝到面前的反射光鱗，朝魔王衝了過去。

——GZIMGYBBBO。

剩下的反射光鱗不規則地飛了過來。

老子用聖劍和聖盾將其擋了下來，殺出一條血路。

此時老子的右方突然濺起血花。

「露絲絲！竟敢把露絲絲給！」

菲菲語帶悲痛地怒吼。

露絲絲的身體被從中上下切成兩半。

老子憑藉意志力壓抑住想衝到她身邊的想法，用瞬動衝進魔王懷裡。

「閃光螺旋突刺！」

藍色的光芒形成漩渦，不斷驅散暗紫色光芒且摧毀魔王的障壁。

但不久前只需一擊就能貫穿的障壁，這次卻將我擋了下來。

這就是等級差距嗎……

但是這種程度老子是不會屈服的。

既然一次不行，那就反覆不斷地進行攻擊。

「我要替露絲絲報仇！」

——糟了。

被憤怒衝昏頭的菲菲朝魔王放出必殺技。

黑紫色的金光閃過，貫穿菲菲的身體。

「——菲菲！」

血沫飛濺，被斜著砍中的菲菲倒了下去。

還沒。她還活著。

老子用瞬動衝進魔王和菲菲之間，從魔王的追擊之下保護菲菲。

雖然支援魔法的效果消失，老子依然擋住七枚反射光鱗，但也只能到此為止了。

第八枚反射光鱗削掉失去獨特技能力量的聖鎧側面，第九枚反射光鱗將頭盔一分為二。

額頭流出的血流進其中一隻眼睛，將老子一半的視線染成紅色。

第十枚反射光鱗被薇的箭和琳的爆裂魔法擋住。

第十一枚反射光鱗被老子憑幹勁往上揮出的聖劍擊落，但那只是最後的垂死掙扎。

第十二枚與十三枚反射光鱗趁老子無處可逃的時候襲擊過來。

無法閃避這兩枚。

既然這樣，老子就算不閃也至少要讓魔王吃下一擊。

「唔喔喔喔喔喔喔喔喔喔喔喔！」

在老子即將釋放必殺技時，魔王面前出現了新的反射光鱗。

聖劍刺中反射光鱗停了下來。

可惡，到此為止了嗎……

連最後一招都被擋住了。

就算強行讓梅莉使用魔法攻擊，也只會被雄厚的防禦障壁擋下而告終。

不，怎麼能在這種地方結束。

老子為了找出能打破絕望、起死回生的某種東西而環顧四周。

——停住了？

從左右逼近，打算砍下老子首級的反射光鱗突然停了下來。

「這是空間魔法的『隔絕壁』和『次元樁』嗎？」

——勇者大人，防禦就交給我吧。

甜心的聲音不知從哪裡傳了過來。

——就在剛剛，我把**最強的援軍**送過去了。

藍色光芒瞬間擊碎反射光鱗。

那傢伙就站在發光四散的反射光鱗碎片之中。

「是佐藤嗎——」

「讓您久等了，隼人大人。」

甜心送來的援軍手上拿著散發藍色光芒的劍，接二連三擋下從四面八方襲來的反射光鱗，甚至還引導反射光鱗彼此相撞，將其破壞。

「——那把劍是！」

佐藤手上握著一把眼熟的聖劍。

那是梅札特大人使用的聖劍布爾特剛。

「我稍微借用了一下。」

沒有經過儀式獲得使用許可，也不是聖劍使用者的佐藤理應無法使用神授聖劍。

但他並未遭到聖劍拒絕，若無其事地拿在手上。

「我已經用下級萬靈藥治療露絲絲小姐和菲菲小姐，並交給薇雅莉小姐她們了。」

「她們兩個都沒事嗎！」

佐藤對老子的提問點了點頭。

沒想到不只老子，就連夥伴們也被救了出來。正如甜心所說，他簡直就是最強的援軍。

「雖然不知道對魔王有沒有效——」

佐藤從腰間的袋子裡拿出手鈴。

根據老子的鑑定技能顯示，那個手鈴的真面目是名為「封魔之鈴」的魔法道具。

佐藤搖了搖手鈴，清脆的鈴聲響起。

鑑定技能隨即發現魔王的攻擊力和防禦力大幅降低。

原來如此。那是「封魔」的鈴鐺。

——GZIMGYBBBO。

佐藤即使面對魔王激怒的咆哮也絲毫不動搖，與魔王正面對峙。

「與《榮譽》同在——」

——喂喂喂。

「不僅能使用只有勇者才能持有的聖劍，甚至連聖句都運用自如啊。」

老子繃緊無意中放鬆的嘴角，站在可靠的朋友身旁。

接著使用第三個獨特技能「無限再生」治好傷勢，與不是擋開而是開始摧毀反射光鱗的佐藤並肩而立，應付起半數攻擊。

「說不定這就是巴里恩神的旨意呢。」

「那還真是可靠。老子的背後就交給你啦。」

「是，請交給我吧。」

老子將從死角襲來的反射光鱗交給佐藤，向魔王本體發起挑戰。

令人驚訝的是，佐藤緊跟在透過加速藥進行超高速戰鬥的老子身後，毫無落後地為我提供支援。

——GZIMGYBBBO。

魔王發出怒吼後背部裂開，左右各長出四支如同昆蟲四肢般的手臂襲擊過來。那些手臂比魔王的手臂長四倍左右，上面甚至有三個關節，動作難以看穿。

手臂前端具有和反射光鱗同類型的爪子，即使從中切斷也會立刻長出新的。

明明出現了新的危機，老子卻能毫不在意地流暢進行戰鬥。

是佐藤。

他為了讓老子打得輕鬆點，持續不斷地從旁輔助。

「騙人，只有四十五級的佐藤為什麼那麼善戰？」

「是託聖劍的福——應該不是吧？」

「當然不是啦。就連聖劍的主人梅札特都無法破壞鱗片不是嗎？」

賽娜和薇一邊對魔王展開牽制攻擊一邊交談的聲音傳了過來。

——GZIMGYBBBO。

魔王停下動作，將手臂縮了回去。

牠似乎打算做些什麼。

「隼人大人！」

「佐藤，過來老子身邊！」

老子發動獨特技能，用盾擋在自己和佐藤之間。

下個瞬間，魔王身邊的沙子捲起，纏繞著紫電的沙塵暴捲土重來。這次的沙塵暴是比黑暗更加深沉的詭異深黑色。

但威力並不如想像驚人。

簡直就像有人為了不讓沙塵暴觸及老子而加以干擾似的。

雖然仍然受了點小傷，但「無限再生」讓老子在受傷的瞬間就癒合了。

隨後，讓人以為會無限持續下去的沙塵暴也總算停了下來。

「勉強活下來了哪……真是驚人的威力啊。」

沙塵暴結束後，魔王用背部長出的手像是在包覆自己一樣刺進地面，看起來就像把自己關進牢籠之中。

「是的，還以為要死了。」

「沒事吧，佐藤？」

雖然受到老子的盾和身體保護，可是沒有「無限再生」的佐藤為什麼能毫髮無傷？

「怎麼了嗎？」

「不，沒什麼。梅莉！要在魔王再次行動前給牠致命一擊嘍！」

現在正是絕佳的好機會。

然而梅莉她們沒有反應。

「梅莉、琳、蘿蕾雅！」

看似黑色蒸氣的東西從趴在地面的夥伴們身上冒了出來。

透過神授的鑑定技能，才知道那是曾經侵蝕老子的「魔神的詛咒」。

——GZIMGYBBBO

此時停頓時間結束的魔王開始有了動作。

「抱歉，佐藤。讓你抽到了下下籤。」

失去了後衛的援護，現在只能靠我們兩人和魔王戰鬥了。

「不，隼人大人。」

佐藤手上的聖劍布爾特剛發出藍色的光芒。

「這才不是下下籤。而且像這樣輕言放棄，可不像隼人大人的作風喔。」

「不像老子的作風……嗎？」

看來老子似乎有點退縮了。

「說得沒錯啊。差點就忘了——」

老子再次啟動獨特技能。

「——老子是勇者，是幼女神巴里恩的勇者隼人！」

接著用瞬動衝進魔王懷裡，擺出使用必殺技的動作。

沒有反射光鱗的現在正是最後的機會。

——GZIMGYBBBBO。

為了打倒老子，魔王的蟲手從左右兩側襲擊而來。

但是老子不打算迴避。這是因為老子相信，佐藤一定會進行掩護。

「閃光延烈斬！」

阻力比剛剛弱上許多。

第一擊必殺技粉碎障壁。

而在老子的視野中，發現用「櫻花一閃」切斷其中一側蟲手的佐藤，已經準備使出第二發「櫻花一閃」揮向另一側的蟲手。

雖然琳的「櫻花一閃」是能迅速發動的必殺技，可是快到像他那樣十分異常。

老子也不服輸地發出第二擊。

「再一次——閃光延烈斬！」

斜向揮出的一擊劃出藍色弧線，切開守護魔王的漆黑鎧甲。

然而對本體造成的傷害微乎其微。

「糟糕，太淺了。」

佐藤的聲音罕見地出現焦慮。

看來他漏掉一隻蟲手。

「交給我。」

薇的箭將蟲手彈開。

雖然威力有所減弱，但它依然試圖貫穿老子的肩膀而逐漸逼近。

「——守護！」

伴隨著琳的喊聲，厚重的障壁阻擋在蟲手前面。

老子從被障壁阻擋的蟲手移開視線，開始使用下一招。

扭動身體、順著離心力直接做出下一個必殺技的準備動作。

此時夥伴們的身影映入眼簾。因為射箭用盡力氣的薇和支撐她的賽娜，以及舉起「神授護符」的琳一臉滿足地倒在沙子上。一定是蘿蕾雅協助她們展開行動的吧。

老子向從旁默默支撐自己的夥伴們獻上感謝，重複施展「最強之矛」。

——ＧＺＩＭＧＹＢＢＢＢＯ。

泛金的黑紫色光芒匯聚在魔王面前。

這是反射光鱗產生的預兆。

「——閃光螺旋突刺！」

在泛金的黑紫色光芒成形的瞬間，老子藉由神速釋放的藍色清澈光芒刺穿它，灌注獨特技能力量的突刺碰觸到魔王。

可是仍舊稍嫌不足。

老子將聖鎧托納斯產生的龐大魔力全部注入聖劍。

魔王抓住老子的聖劍，另一支手則為了解決老子而揮了過來。

「雷迅龍槍。」

能聽見些微梅莉的聲音。

仿造龍之樣貌的雷槍刺進魔王頭頂。

伴隨焚燒空氣的臭氧味，兩道身影隨後衝了過來。

「隼人！」

「給牠致命一擊！」

露絲絲的大劍與菲菲的長柄斧掃開魔王打算粉碎老子的手臂。如此硬來的結果，就是兩

人直接翻了一圈摔在地上。

——GZIMGYBBBBO。

緊接著襲來的棘手蛇腹尾巴被佐藤用聖劍釘在地板上。

真是一群可靠的傢伙啊。

「唔喔喔喔喔喔喔喔喔！閃光爆星斬！」

老子維持聖劍插在魔王身上的姿勢，再次使用必殺技。

魔王表皮泛出藍色光芒，身體從內側開始迸裂。

——GZIMGYBBBBO。

就算體力計量表歸零、身體開始崩壞，魔王依然沒有倒下。

牠身邊冒出新的反射光鱗。

怎麼可能讓你反擊啊。

「毀滅吧，魔王————————————————！」

老子維持著必殺技轉動聖劍，刺穿魔王身體的藍色光刃將牠從內側澈底破壞殆盡。

勝利宴會

「我是佐藤。正如來自某個光之國來的英雄一樣，完成使命後依依不捨地離去可說是慣例。但是除了創作的世界以外，往往無法這麼果斷。」

「毀滅吧，魔————————————！」

——GZIMGYBoOoo。

勇者隼人的必殺技炸裂，魔王發出臨終前的慘叫，同時化為暗紫色的霧氣與大量沙子灑落在地上。

我看了看紀錄中流動的文字。

>獲得稱號「弒魔王者『沙塵王』」。

>獲得稱號「陪襯」。

>獲得稱號「不為人知的夥伴」。

嗯，看來討伐成功了。

「隼人大人，恭喜您成功討伐魔王。」

「是啊，終於幹掉牠了。」

我支撐搖搖晃晃的勇者隼人，抬頭仰望魔王留下的沙山。

從中能見到一顆看似魔王核心，裂開的暗紫色球體。

「——隼人。」

聽見梅莉艾絲特皇女的聲音回頭一看，發現隨從們在夥伴們的支撐下正朝著這邊走來。

「成功了。」

「還沒結束喔。各位，拿出護符——」

在梅莉艾絲特皇女的催促下，隨從們將「神授護符」從懷裡拿了出來。

「來了！」

在梅莉艾絲特皇女所指的方向，兩道微弱的暗紫色光芒從球體附近浮現。

那是「神之碎片」。

『哈嘻～拉嘻～嘻嘻拉嘻～』

『唔嘿嘿嘿嘿，喀啦喀啦喀啦～』

總感覺與至今見過的「神之碎片」有些不同。

就像攝取禁藥而過度亢奮的吸毒人士一樣。

「「「神授護符啊！《封印》邪惡吧！」」」

勇者隨從們朝「神之碎片」舉起「神授護符」大聲吶喊。

暗紫色的光芒被藍色方格包住，隨即被梅莉艾絲特皇女手上那大一截的護符所吸收。

原來如此，歷代勇者都是這樣處理「碎片」的啊，可以理解了。

「——隼、隼人！」

琳格蘭蒂小姐悲痛的叫聲響徹整座祭壇大廳。

不知來自何處，從天而降的藍色光芒包覆勇者隼人。

看似全身無力的勇者隼人抬頭仰望光源，彷彿在說些什麼。

由於受到他四周閃閃發亮的燦爛光芒妨礙，無法弄清楚內容，不過他的話語中確實有「巴里恩」這個詞。

——謝謝你。

總覺得從藍色光芒裡聽見年幼小女孩的聲音。

雖然有可能聽錯了，但那個聲音一定就是促使我來到勇者隼人身邊的藍髮神祕幼女。祂果然就是巴里恩神。

光芒在不久後消失，現場頓時變得鴉雀無聲。

琳格蘭蒂小姐注視勇者隼人，臉上一副「想聽卻不想開口詢問」的複雜表情。

「是巴里恩神。祂似乎明早會來接我。」

看來勇者隼人要回去原本的世界了。

「怎、怎麼會！這也太快了！」

琳格蘭蒂小姐緊緊抱住勇者隼人這麼大喊。

「……抱歉啦，琳。」

勇者隼人溫柔地摸了摸琳格蘭蒂小姐的頭髮。

「隼人……你無論如何都要回去嗎？」

梅莉艾絲特皇女猶豫了一陣子後詢問。

「抱歉，梅莉。那裡還有人在等著老子回去。」

勇者隼人語氣平淡地說。

「……說得也是呢。」

或許是已經知道答案了吧，梅莉艾絲特皇女為了掩飾眼眶浮現的淚水低下頭去。

其他隨從們也沉默不語，現場充斥著滿是寂寥感的沉重氣氛。

「——我們來慶祝吧！」

用開朗語氣打破沉重氣氛的人是亞里沙。

「好不容易討伐了魔王，得準備特別的大餐才行！」

「好，開宴會！」

「說到吃的就交給我吧！」

露絲絲和菲菲搶先同意亞里沙的提議。

從那強裝開朗的聲音之中，能夠察覺到她們的悲傷。

「嗯，我來做隼人喜歡的沙咖牛肉捲和炒飯。」

「我也會拿出珍藏的白蘭地喔。」

緊接著弓箭手薇雅莉和神官蘿蕾雅也用開朗的語氣說。

雖然琳格蘭蒂小姐和梅莉艾絲特皇女似乎若有所思，看來她們並不反對開慶祝會。

「喵！」

小玉突然顫動耳朵，朝魔王留下的沙山看了過去。

那座沙山倒映在地面的影子不斷扭動，最後化為一道人影。

「看來我來遲了一步。」

原以為是敵人而有所戒備，結果出現的人是賢者。

這麼說來，他好像在第一次沙塵暴攻擊時就躲進影子空間去了。

「佐藤。」

蜜雅扯了扯我的袖子，我在她的要求下把耳朵靠過去。

「瘴氣。」

被蜜雅催促的我用瘴氣視看了一下，發現魔窟裡充滿了比之前見到多上數倍……不，數十倍的濃厚瘴氣。魔王留下的沙山附近尤其濃厚。這些瘴氣或許是由強化了魔王的汙穢所產生的也說不定。

要是就這樣放著不管，總覺得事情會變得很麻煩。

「佐藤，要回去嘍！」

次元潛航船朱爾凡爾納出現在勇者隼人的背後。

他們似乎打算載著重傷的人返回聖都。

「隼人大人！我們打算確認完『自由之光』剩下的遺物再回去！」

「——我知道了。記得在明天的回歸之前回來喔！」

或許是無法講出不需要確認，他稍微猶豫了一會兒便同意了。

「好的，如果能在魔窟出口安排一艘飛空艇就幫大忙了。」

「知道了，老子會安排高速飛空艇。」

這麼說完之後，勇者隼人他們便搭上次元潛航船朱爾凡爾納。

我目送他們離開之後解放精靈光淨化瘴氣。由於只靠精靈光心裡有點不踏實，便四處放置量產型聖碑增加效果。

「主人，你在幹嘛？」

「我打算做個墓碑。」

雖然不清楚對方的名字，但我想至少立個墓碑來弔祭牠。

我修好在戰鬥時回收的玩偶，供奉在魔王的墓碑上。

「南無～？」

「請安息喲。」

大家紛紛獻上弔祭的話語。

由於到淨化完瘴氣為止還有些空閒時間，所以我們分頭回收藉由地圖搜索發現的「自由之光」相關文件。

雖然大部分的文件都在與魔王的戰鬥中喪失了，不過依然從中得知他們企圖透過增加魔窟的瘴氣濃度來量產沙塵兵，藉此侵略巴里恩神國的事情。

「最終目標是征服世界？這是哪個時代的祕密組織啊。」

「算了啦，畢竟要是有魔王的力量，想侵略一兩個國家還是辦得到嘛。」

同時還知道了幾個新的據點，真想把事情交給法皇或樞機卿之類的人來幫忙殲滅「自由之光」。

調查結束後，瘴氣也因為精靈光和聖碑的組合而變得稀薄不少。

是因為這裡的構造容易注入瘴氣嗎？光是淨化這裡就能降低整體的瘴氣濃度，因此真是輕鬆。

◆

「那麼為了慶祝成功討伐魔王，乾杯！」

「「「乾杯！」」」

各種打開瓶塞的名酒，以及梅莉艾絲特皇女準備的「與勇者隼人的回憶料理」密密麻麻地擺在一起。

大多都是肉料理，大概是勇者隼人的喜好。

由於我禁止夥伴們喝酒，因此她們基本都以食物為中心。

我們在太陽即將下山時回到聖都，所以我和露露並未幫忙準備。宴會期間的上菜與其他服務似乎由來自沙珈帝國、身材姣好的美麗女僕們負責。

「佐藤！有在喝嗎！」

「嗯，當然。」

勇者隼人單手拿著酒瓶現身，幫我的杯子倒了酒。

我也拿起桌上的龍泉酒倒滿他的杯子。

「如果沒有你和甜心她們在，光靠老子一行人肯定打不贏魔王。感謝你們的協助。」

「不，我們只是幫了點小忙罷了，隼人大人是靠自己打倒魔王的。」

實際上，我們討伐的都是魔王的跟班，打倒魔王幾乎只靠勇者一行人的力量。

「那何止一點——」

勇者隼人不知為何將臉湊了過來。

他除了喜歡小女孩之外，性向應該很正常才對。

「——謝啦，佐藤。不對，應該叫你勇者無名。」

勇者隼人在我耳邊小聲地說。

咦？我應該沒做出什麼會暴露身分的事吧？

「您這是在說什麼呢？」

「別擔心。因為你好像在隱瞞這件事，所以老子沒有告訴任何人。畢竟你能將唯有勇者或經由儀式魔法得到允許才能使用的聖劍運用自如，還能與遠遠凌駕在你之上的魔王打得有來有往。」

或許在支援時使用聖劍是個敗筆。

在將聖劍使梅札特先生送到朱爾凡爾納上面時，我已經將聖劍布爾特剛還了回去。

「注意到了嗎，佐藤？你在和魔王戰鬥時一次都沒有受過傷喔？而且自從你守在老子身後開始，連老子都開始不再受傷了。」

或許我應該承受一點傷害比較好，但實在不想把新做好的白銀裝備弄髒嘛。

「一旦發現這件事，還是相信佐藤只有四十五級的人，肯定是個十足的笨蛋。」

勇者隼人說完之後微笑一下，隨即露出認真的表情繼續開口說：

「佐藤，等老子回日本之後，夥伴們就拜託你了。」

「請問是怎麼回事呢？」

雖然我知道討伐了魔王的他將要回到日本，不過那和他將隨從們託付給我的事有什麼關係呢？

既然是參與討伐魔王的隨從，那麼不管在沙珈帝國還是其他國家都能飛黃騰達吧？

「根據莉洛和諾諾的說法，最近沙珈帝國的中樞似乎火藥味很濃。」

「難道他們想引發戰爭嗎？」

「嗯，那方面的可能性很高。尤其可能打算與大陸東方的鼬帝國大幹一場也說不定。」

之前稍微聽過這方面的事，鼬帝國似乎侵略了人族統治的小國以及數個亞人國家，將其毀滅或是併吞了。

「如果她們被派去參與人類之間的戰爭，麻煩你保護她們。」

「好的，包在我身上。我會讓她們藏匿在沙珈帝國無法觸及的地方。」

像是拜託穆諾伯爵讓她們去當食客，或者像以前的勇者大作一樣在波爾艾南之森接受庇護也可以。

「聽到你這麼說，老子就放心了！」

他露出一副如釋重負的安心表情喝起酒來。

「如果有老子辦得到的事儘管說。倘若是你，就算把阿隆戴特讓給你都沒問題。」

勇者隼人注視著我這麼說。

我正好有事情想要拜託他，於是我順勢開了口。

「那麼，等您回到原本的世界，能幫我送個信嗎？」

「信？」

「是的。雖然您身處的世界未必與我相同，但還是想把我過得很好的事情告訴家人。」

我把一捆寄給家人、朋友以及肥仔等同事的信遞給勇者隼人。

裡面也放著亞里沙與小光的信。

「嗯，我確實收下了。老子一定會親自交出去，你放心吧。」

「麻煩您了。」

勇者隼人拍了拍胸脯這麼保證，因此我就放心了。

雖然亞里沙在原本的世界已經死亡，因此有很高的機率會被當成惡作劇，但她說即使那樣也無所謂。

「隼人，能過來一下嗎？」

「琳？」

打扮給人嬌媚印象的琳格蘭蒂小姐單手拿著紅酒來到我們面前。

她穿著樣式非常成熟的翠綠色絲質禮服，全身上下不斷散發著荷爾蒙。

甚至到了身穿禮服的黑騎士和偵查隊的士兵從剛才開始就不斷偷瞄的地步。

「佐藤，我先借走隼人嘍。」

「好的，請隨意。」

我帶著監護人的心情目送勇者隼人和琳格蘭蒂小姐離開。

「這、這難不成是被人睡走的旗標？」

我朝從剛剛就一直說著「『隼人×佐藤』或是『佐藤×隼人』」之類胡言亂語的亞里沙腦袋上敲了一下。

「妳在說什麼蠢話啊。」

既然要和思念之人永遠分離，最後會想留下回憶是很正常的嘛。

我祈禱琳格蘭蒂小姐的感情能得到回應，將杯子裡的酒一飲而盡。

◆

隔天早上，為了目送勇者隼人回歸，我們聚集到大聖堂後面的廣場。

勇者隼人身穿即使回到地球也不會顯得突兀的西裝，正逐一與沙珈帝國和巴里恩神國的人道別。

「隼人！」

一名外表與書記官莉洛十分相似的少女擠開人群走了過來。

「諾諾！真虧妳能趕上啊！」

「我借用了皇室專用艇。」

她緊緊抱住勇者隼人，簡短地說出能夠從沙珈帝國趕過來的理由。

「恭喜。」

「嗯，謝謝，這都是因為有諾諾妳們在背後支持我的緣故。」

勇者隼人撫摸書記官諾諾的頭。

此時勇者隼人的身體開始冒出淡淡的藍色光芒。

「抱歉，諾諾。看來時間差不多了。」

勇者隼人這麼說完掙脫諾諾的擁抱，依序注視隨從們的臉。

「梅莉，謝謝妳打從我被召喚到沙珈帝國的時候，就一直支持著我。」

「——隼人，我的勇者大人。」

梅莉艾絲特皇女抱住勇者隼人，吻上他的臉頰。

話說回來，勇者隼人的自稱從「老子」變成「我」了。

「賽娜，在我們差點被黃色混蛋全滅之後，我能重新振作起來都是託了妳的福。」

「嘿嘿嘿，要是還想吃我的巴掌，隨時都能回來喔〜」

斥候賽娜忍著淚水，緊緊抱住勇者隼人。

緊接著他依序與神官蘿蕾雅、露絲絲、菲菲、弓箭手薇雅莉、書記官莉洛與書記官諾諾道別，最後輪到琳格蘭蒂小姐。

「琳，雖然初次相遇時覺得妳是個惹人厭的混蛋貴族——」

喂喂喂，勇者。你打算說什麼啊？

「——但現在的妳是最能夠理解我，是我無可取代的人。記得要跟妹妹和好喔。」

「隼人，隼人隼人隼人！」

琳格蘭蒂小姐哭哭啼啼地緊緊抱住他。

她似乎無法好好說話。

「亞里沙不去道別真的好嗎？」

「嗯，畢竟昨天已經好好道別過了。」

我姑且確認了一下，亞里沙則這麼回答。

「——時間到了。」

隨後天上降下光芒。

「巴里恩神連接世界的時間好像有限，我差不多該走了。」

勇者隼人將自己用過的聖劍阿隆戴特交給琳格蘭蒂小姐。

「大家，要保重啊——」

勇者隼人的身體浮了起來，身影漸漸變得透明。

以不知道是誰喊的「隼人」作為契機，隨從們接二連三呼喚起勇者隼人的名字。

我們一直抬頭仰望著直到消失為止都不斷揮著手的勇者隼人所在的天空。

◆

「佐藤，你有在喝嗎！」

「是的，我在喝喔。不過，琳格蘭蒂大人似乎喝得有點過頭了。」

目送勇者回歸之後，他的隨從們邀請我參加講述有關勇者隼人回憶的聚會，我卻在聚會之後不知為何被喝醉的琳格蘭蒂小姐抓住，絮絮叨叨地聽她說話。

喝醉的琳格蘭蒂小姐似乎很喜歡纏人，她單手摟著我的脖子，從剛才開始就一直不停地灌著酒。

作為公爵千金，我覺得直接拿酒瓶起來灌酒很有問題。

「真是的，明明身為女人的我都抱著豁出去的覺悟進攻了，那個木頭人，居然連個吻都不給！」

「畢竟隼人大人是個很有倫理觀的正人君子嘛。」

昨晚豁出去發動攻勢的琳格蘭蒂小姐似乎以失敗收場。

「真是的，是個男人的話，偶爾也該獸性大發嘛！」

「您說得對，有時候也必須放縱自己的激情呢。」

正當我隨口應付的時候，琳格蘭蒂小姐突然安靜下來。

看來她喝掛了。

於是我拜託如同圖騰柱般從門口看著裡面的夥伴們把她搬到床上去。

接著重新坐回沙發上，喝起露露拿來給我漱口的果實水。

「唔嗯，這還真是出乎意料。」

「那些信的事？」

我一邊看著主選單的標記清單，一邊向亞里沙點了點頭。

上面標記了託付給勇者隼人的信。現在位置顯示在「第N世界線，行星地球，日本國」。順便一提，N的部分是超多位數的數字。

標記清單上還留著勇者隼人的名字。

看來獨特技能就算跨越世界仍然有效。

「主、主人！你、你應該不會偷偷回去吧？」

「嗯，那當然。」

見亞里沙緊抓著我的手提問，我立刻做出回答。

「如果能夠返鄉，到時候就帶大家一起去地球觀光吧。」

她們一定會在東京的摩天樓和充斥著小眾文化的秋葉原附近玩得很開心。

聽到我開的玩笑，亞里沙面帶微笑地說：「這樣挺不錯的耶。」

不過要是沒有盧莫克王國那種能夠無差別召喚葵少年等日本人的獨特技能「連接世界之力」，或是像沙珈帝國那種透過神明召喚勇者的系統，感覺會有點困難。

既然能藉由主選單辨識，總覺得用單位配置的話也做得到。

不過，從AR顯示的單位配置頁面看來，勇者隼人所在世界的「鈴木一郎的老家」似乎不是能用單位配置前往的支配領域。

早知道會這樣，或許把似乎能當作單位配置轉移點的帳篷交給他，然後拜託他在那邊組裝起來就好了。帳篷不太適合一直放著，或許能夠容納我鑽進去的狗屋比較好。

不過就算想要實踐，我認為也有風險。

總覺得我就算在借用亞里沙「魂殼花環」的狀況下使用單位配置，也可能把「魂器」弄壞，稍微有點可怕。

返回日本就等參觀完沙珈帝國的召喚陣之後再考慮吧。

◆

自從勇者隼人回歸之後過了兩天——

「如果你造訪沙珈帝國，歡迎隨時來找我。屆時我會遵守約定，讓你參觀勇者神殿的召喚陣。」

「好的。等到在西方各國完成觀光副大臣的任務後，我們就會前去拜訪。」

我們在次元潛航船朱爾凡爾納前面，與以梅莉艾絲特皇女為首的勇者隨從道別。

「佐藤，昨天實在很抱歉。」

琳格蘭蒂小姐神情尷尬地別開視線向我道歉。

「我在沙珈帝國完成隨從的義務後打算回去歐尤果克公爵領，隨時歡迎你們來玩。」

這麼說完之後，她又補上一句：「但這不代表我允許你和賽拉之間的事喔。」穩定地展現出她的戀妹情節，不過這一定是她為了掩飾自己與勇者隼人的離別而虛張聲勢吧。

「要是有美味的酒記得送過來喔。」

「好的。如果看到蘿蕾雅大人喜歡的名酒，我一定送過去。」

我和神官蘿蕾雅立下這樣的約定。

「我和菲菲回去沙珈帝國後打算展開武者修行之旅。等順路前往希嘉王國的時候，記得跟我們切磋喔。」

「嗯，我也想跟你切磋。畢竟沒想到除了露絲絲和我之外，還有人的動作能跟得上喝了加速藥的隼人嘛。」

露絲絲和菲菲面帶微笑這麼說。

屆時就讓實力提升的小玉和波奇當她們的對手吧。

「佐藤，如果你喜歡觀光，可以去沙珈帝國的耳族保護區。耳族可以和人族交配，強大的佐藤一定很受歡迎。」

接著出現在我面前的是弓箭手薇雅莉。

雖然我對耳族保護區有興趣，但感覺會被視為種馬，讓我有點猶豫。

「再見啦，佐藤。我也會擔任間諜去希嘉王國玩喲。」

「不不不，請您正常地來玩吧。隨時歡迎喔。」

說出這番危險發言的人是斥候賽娜。

「……謝謝你……謝謝你幫了隼人。」

躲在書記官莉洛背後，與她有相似面容的書記官諾諾低聲向我道謝。

「感謝閣下的協助。沙珈帝國的皇帝陛下日後應該會送信給希嘉王國，內容大概是授予勳章以及沙珈帝國名譽貴族的爵位吧。」

然後最後，書記官莉洛做出事務性的報告。

「雖然接不接受是你的自由，不過徽章和我們是相同款式，請你務必當作和隼人一起討伐魔王的紀念收下。」

書記官莉洛面以有些虛幻的微笑補充說明。
目送她們坐上銀色的船消失在次元狹縫後，巴里恩神國和沙珈帝國的人便就此解散。
向兩位武士和承蒙關照的女僕們打完招呼，我們也離開了宿舍。

「——貴族大人！」
當我們走在大聖堂寬廣的土地上時，沙人萊特少年揮手朝我們跑了過來。
他受到書記官莉洛庇護，在魔王被討伐之後似乎回到以前曾經工作的職場。
「俺已經知道老爹的行蹤了！」
賢者安排的守衛似乎有了聯絡。
「那真是太好了呢。」
畢竟魔王驅除也結束了，本打算用閃驅在巴里恩神國內四處飛行，並且用地圖搜索幫他尋找父親，看來是多此一舉了。
「透過賢者大人的斡旋，俺可以去老爹那裡了！」
「哦～那是個什麼樣的地方？」
「聽說是幫有才之士激發隱藏能力的村子。」
萊特少年回答亞里沙的問題。

畢竟萊特少年有名為「直覺」的稀有技能，可能因此被認同為「有才之士」吧。

「印象中賢者大人似乎把那裡叫做——『修行村落』。」

「真是正如其名呢。」

我同意亞里沙的說法，同時有點感興趣。

「修行～？」

「波奇也非常喜歡修行喲！」

「俺雖然不怎麼喜歡，不過就算是為了和老爹一起生活，俺也要努力喔！」

「嗯，加油吧。」

我鼓勵面帶笑容的萊特少年。

接著他說了句：「賢者大人叫俺過去。」便往大聖堂的方向跑去。

當大家目送他的背影時，亞里沙朝我看了過來。

「主人，接下來要去哪裡呢？果然是沙珈帝國嗎？」

「畢竟這趟旅程光顧著對付魔王沒能好好觀光，我們先在巴里恩神國和西方各國好好旅遊一番再去沙珈帝國吧。」

大家面帶笑容接受我的提議，一邊聊著該去哪裡參觀，一邊為了尋找旅館而往主要幹道出發。

尾聲

「勇者啊，你就為這短暫的勝利感到喜悅吧。」

昏暗的地底迴蕩著沙啞的聲音。

「藉由讓你打倒魔王，魔神牢已經充滿瘴氣。」

男人沒有攜帶照明，在黑暗中持續前進。

「本該拯救世界的勇者卻協助解開魔神牢的封印，讓毀滅降臨到世界上。」

這裡是第六魔窟，勇者與魔王展開死鬥的場所。

「實在痛快！令人不悅的勇者已經消失的現在，再也沒有人能妨礙我了。」

男人來到道路盡頭。

「……這是怎麼回事？」

這時候男人發現，原本應該充斥祭壇大廳的瘴氣比預料中淡了不少。

「封印把瘴氣都吸收了嗎？」

不好的預感讓男人加快腳步。

「怎麼可能！瘴氣濃度居然不到一成！這不是只剩開始計畫前的一半嗎！」

抵達封印所在地的男人操作起魔法裝置，隨即因為難以置信的事實而當場愣住。

「這是怎麼回事？勇者的隨從應該沒有時間淨化，巴里恩神殿的傢伙們也不可能在這麼短的時間內淨化那麼大量的瘴氣。就算是驅魔的龍鱗粉，光是那點存貨量也不夠用。」

男人朝黑暗發出怒吼。

「難道是——出現在希嘉王國的那個勇者幹的好事嗎！也就是說，打倒豬王和狗頭的事也並非情報戰嗎……」

年末的希嘉王國王都遭受「產物」襲擊的事件，是因為在希嘉王國的守護神天龍參戰才導致失敗，這是他們共同的見解。

「綠大人應該曾在希嘉國王國待過一陣子才對，等牠回來之後必須問個清楚。」

面對盟友的不誠實，男人臉上浮現青筋。

「這種事情無法阻止我實現願望。我絕對要解開魔神牢的封印。」

血液從緊握的拳頭滴了下來。

「我才是真正的『賢者』。與冬夜那種老不死不一樣。」

男人尚未察覺真相，繼續自言自語地說：

「素未謀面的希嘉王國勇者啊！我賢者索利傑羅率領的災厄軍團，必定會毀滅你的國家！你就看著國家步入毀滅，悔恨地留下血淚吧！然後，我的影子將會撕裂絕望的你！」

男人朝著黑暗放聲吶喊：

「接著在災厄軍團鏟平大地後，飽受摧殘的我等一族將會建立屬於我們的樂土。只要有聖女的力量和災厄軍團，成功就等同必然。我一定會構築新的帝國！」

喊聲最終化為高聲大笑，逐漸消失在黑暗深處。

因為自身野心而遭到犧牲的魔王一事，已經不存在他心中的任何一個角落。

只有在地下流動的風，彷彿在撫慰死去的魔王般，一點一點地吹散沙山。

EX-1：隼人回歸

「我回應幼女神巴里恩的請求，作為勇者隼人・真崎被召喚到沙珈帝國。即使面臨無數次的絕境，終究還是完成了使命，我回來了。回到懷念的故鄉
——真崎隼人說。」

「巴里恩神連接世界的時間好像有限，我差不多該走了。」

從天而降的溫暖藍光包覆住我。

「大家，要保重啊——」

在夥伴們和佐藤他們的目送下，我的身體浮到空中，視野被強光淹沒。

琳和梅莉悲痛地呼喚我名字的聲音微微地傳了過來。

——抱歉，琳。對不起，梅莉。

我在心裡向夥伴們道歉。

《感謝你，勇者。》

如同頻道沒有調整好的廣播般，混雜噪音的聲音傳了過來。

這可愛的稚嫩嗓音屬於巴里恩神。

同時流進我腦中的影像，正顯示出祂的內心。

看來祂在感謝我討伐魔王。不過一片潔白的視野無法看見幼女神的身影實屬遺憾。

《離別，謝罪。》

——別在意，這是我自己的選擇。

我針對巴里恩神過意不去的思念搖了搖頭。

《幸福，未來，祝福。》

——嗯，我會幸福到讓分別的琳她們不必為我擔心的程度。

聽到我這麼說，幼女神將笑容的影像傳了過來。

沒錯，孩子就該面帶笑容才對！

◆

「這裡是——」

當我回過神來，自己已經站在石階上。

——神社境內？

對了！這裡是我被召喚那時的神社。

「回來了啊……」

我衝下階梯。

穿過朱色鳥居形成的拱門，跑向充滿汽油味的道路上。

「呀！」

一旁傳來女孩子的慘叫聲。

她似乎因為我衝出來而嚇了一跳。

「抱歉——橘！」

「——咦？真崎同學？」

發現對方是我外表稚嫩的青梅竹馬——橘由美理的我，直接抱住她那纖細的身體。

「不，等、等一下啦，隼人！這種事要在浪漫一點的地方做啦！」

聽到青梅竹馬慌張的聲音，我因為太過懷念而忍不住哭了出來。

「怎麼啦？有哪裡會痛嗎？吶，我說隼人？」

「由美理、由美理，我回來了。我終於回來了。」

儘管由美理一臉困惑，依然溫柔地抱住哭得不像樣的我。

◆

「來，沛礦力。你喜歡這個吧？」

「嗯，謝謝。沒想到還有能喝到沛礦力的一天——」

看到遞過來的運動飲料，我的眼眶再次湧出淚水，由美理把手帕強交給我。

是我剛才抱住她的緣故嗎？由美理的臉有點紅。

「——咦？」

「這次又怎麼啦？」

由美理疑惑地皺起眉頭。

「妳怎麼穿水手服？」

這傢伙應該沒有角色扮演的興趣才對。

「我說你呀！我們不是**直到剛剛**都還在學校嗎？」

——剛剛？

我注視由美理的雙眼。

「幹、幹嘛啦。」

由美理雙手交叉在身體前面擺出防禦姿勢。

雖然她動搖到行動都變得詭異起來，但我察覺到這件事是在回到家之後。

但對現在的我來說，還有件更重要的事。

「今天是幾年幾月幾號！」

「咦？」

我抓緊困惑的由美理肩膀詢問。

「快告訴我！」

「唔、唔嗯……二〇一三年的三月三日。要順便告訴你時間嗎？是十二點十五分喔。」

時間我已經忘了，但日期不會錯。

今天是我被召喚的日子。

「明明應該不存在時間魔法……」

「我說，不是叫你在國中畢業時治好中二病嗎？又舊病復發了嗎？」

聽見我喃喃自語的由美理雖然責備似的說著什麼，但我毫不介意地撫摸起自己的臉頰。

「你真的沒事吧？」

「鏡子！有鏡子嗎？」

「是有啦？」

我用一臉擔心的由美理遞過來的小型鏡子，端詳起自己的臉。

——這是被召喚時的我。

「咦？話說你為什麼穿著西裝？要去面試打工？」

「這個說來話長——」

我因為幼女神給的驚喜而感到愉快的同時，和由美理聊起異世界。

雖然起初她完全不相信，在見到我用手指把硬幣折成四折之後，總算接受了我的說法。

而在這之後說著「弄壞硬幣可是違法的喔」這樣責備我，也很符合由美理的作風。

但是留下來的力量只有一部分。

不僅無法使用技能，而且與擔任異世界勇者時比較起來，力量下降到可悲的地步；不過依然留有相當超乎常理的力量，所以我簡單地演示了一下。

說不定稍微做點訓練，就能加入超一流運動員的行列。

在出發前，佐藤說要參考以前的小說，在我腰上纏了五公斤左右的金絲，總覺得學生創業似乎也挺有趣的。

「哦～那真是辛苦呢。然後呢，你在異世界沒有情人或妻子嗎？」

語氣真敷衍。

看來她並未完全相信我說的話。

算了，也罷。要是自己以外的其他人對我說這種事，我大概也會一笑置之吧。

「不，我沒有情人和妻子——」

我的心裡一直都只有——

被我注視的由美理臉頰泛起紅潤。

甜心——亞里沙公主的事還是別講比較好。

「抱歉，由美理。我得先回家告訴妹妹『我回來了』才行。」

見我用認真的表情說，由美理不知為何看起來有些期待落空，用有些傻眼的表情對我揮手說：「掰掰。」

「明天見。」

由美理稀鬆平常的告別讓我也放鬆下來。

「嗯，**明天見**。」

「掰掰～」

聽到我這麼回答，由美理似乎顯得很滿足。

◆

「一郎哥的朋友？」

氛圍和佐藤很像的美女，一臉疑惑地注視我。

「是的，我是來送他交給我的信。」

「你今年幾歲？」

「二——十七歲。」

差點講出自己在異世界時的年齡。

「那你是從小學就認識一郎哥的嗎？」

——這是什麼意思？

「不是的，是在大約一年前。」

聽到我這麼回答的瞬間，她臉上的表情消失了。

「這樣啊——」

美女的表情彷彿戴上面具，說了句「回去」，便轉頭走回玄關裡。

「請、請等一下，至少把信收下。」

「如果想惡作劇，請去別人家吧——」

她用冷淡的語氣這麼說，眼前的玄關門便「砰」的一聲關了起來。

「這下麻煩了啊。」

本來還想直接把信交出去，順便聊一聊佐藤在異世界的近況……

當我走在路上尋找能寄出信件的郵筒時，天空下起了雨。我為了找家便利商店躲雨，在人行道上奔跑，卻發現公園角落有個女孩子脫掉上衣遮蓋被雨淋溼的紙箱。制服上掛著寫有「高杯」的名牌，應該是國中生吧。

我翻著書包尋找有沒有能用的東西時，找到了一把折疊傘。這麼說來，我好像放進去就一直沒用過。

「這樣會感冒喔。」

我將打開的傘撐在女孩子頭上。

紙箱裡面有一隻小狗。

「謝謝你，這位大哥。」

女孩子轉過身來坦率地道謝。

雖然我完全沒有這個打算，但沒被懷疑是搭訕，一定是因為我的品行良好。

「——啊啊！那個！」

女孩子看著我的胸口驚訝地叫出來。

「是一郎哥的字！」

接著從我的胸前口袋搶走佐藤的信。

「你是在哪裡拿到這封信的？」

「是佐——鈴木一郎先生拜託我，要交給他家人的喔。」

女孩子叫做高杯光美，是鈴木一郎的青梅竹馬，他們的關係似乎就像家人一樣。

我把自己去鈴木家送信，卻被冷淡趕出來的事告訴她——

「一郎哥是在大學的集訓時失蹤的喔。」

她把理由告訴我。

「高杯小姐是——」

「叫我小光(Hikaru)就可以了喲。高杯聽起來像後輩（註：「高杯」與「後輩」的日文發音相同）一樣吧？」

雖然我覺得從名字看來應該叫光美(Mitsumi)才對，不過還是依照當事人的要求比較好吧。

「小光相信我說的話嗎？」

「當然相信啊。因為這是一郎哥的字嘛。」

「那妳能幫我把這封信交給鈴木一郎的家人嗎？」

「知道了。我一定會送到伯母她們手中，就這麼約好了。」

於是我把信交給像漫畫一樣拍著胸脯的小光。

……呼，這樣一來，我總算完成與佐藤的約定了。

「佐藤？」

小光偏著頭表示不解。

看來我似乎不小心說漏嘴了。

「你是指一郎哥的爺爺養的那隻狗嗎？」

「——狗？不是，我說的是鈴木一郎先生的綽號。」

「啊～他在遊戲裡也經常使用呢。」

在意外的地方得知佐藤這個名字的起源。

在那之後的一段時間，我和小光熱烈地聊起有關佐藤的話題，最後我們以雨停為契機，不約而同地解散了。

另外，小狗就決定由我帶走了。

畢竟我家院子很大，妹妹也很想養狗。

『蓋棟小屋，**勇者**。』

背後傳來了聲音。

我回頭一看，發現小光雙手抱胸，筆直地站在那裡。

她直到剛才還是黑色的頭髮，彷彿照射到稜鏡的光芒般呈現彩虹色。

「——小屋？」

『只要是人可以進去的大小，狗屋也無妨。然後把這個名牌貼到小屋上面。』

我不假思索地收下的名牌上寫著「佐藤」的字樣。這些字寫得很漂亮，小光的書法一定有很高的段位吧。

「這是為了什麼——」

本來想詢問蓋小屋的理由，然而抬頭一看已不見小光的蹤影。

總覺得莫名其妙。

此時懷裡的小狗叫了一聲。

「那就來製作你的狗屋吧。」

「汪！」

小狗很開心似的舔起我的臉。

而剛剛拿到手的名牌，就在這隻親近人的小狗對面。

「好！你的名字就叫『佐藤』了！」

我舉起小狗這麼宣言。

◆

「隼人葛格，你在做什咩？」

剛滿三歲的妹妹愛香用不流暢的話語詢問我。

「在做狗屋喔。」

「狗狗！要養狗狗？」

愛香一面爬到我的背上，一面開心地問著。

今天的她也超可愛。

簡直就是天使。

「嗯，很可愛喔！」

把小狗帶回家之後，母親說要去打預防針而帶走了牠。

「哇～」

愛香一臉開心地蹦蹦跳跳起來。

我迅速撐住差點從背上摔下來的愛香，把她放在草皮上。

「偶要騎狗狗！」

「這樣啊、這樣啊。那麼得讓小狗快點長大才行呢。」

那隻小狗是可以長大的品種，所以沒問題。

「系！」

看來能把妹妹騎在狗背上的可愛照片加進相簿裡了。

愛香在那之後暫時看著我蓋狗屋的模樣，但中途開始顯得有些昏昏欲睡，於是我把她抱到客廳的沙發上哄她睡覺。

「——好了，完成。」

我在最後將寫著「佐藤」的名牌釘在狗屋上。

這個名牌是虹色頭髮版的小光給我的。

我認為那個小光並不是人類——也不是妖魔鬼怪之類的東西；而是跟把我召喚到異世界的幼女神一樣，某種擁有神格的存在吧。

雖然我並不清楚為什麼要蓋狗屋，又為什麼需要加上這個名牌。

不過這肯定有某種意義在。

「說不定以後還能再見到佐藤他們哪。」

我伸起懶腰，同時自言自語地說。

接著拍了拍手掌，把木屑和灰塵拍掉。

「隼人在嗎？」

青梅竹馬橘由美理的聲音從玄關那邊傳了過來。

自從上次重逢之後，她不再用「真崎」來稱呼我，而是像以前一樣叫我「隼人」。

雖然在學校經常被她捉弄，但現在就像取回了失去的青春一樣讓我非常高興，因此我就放任她不管，但她漸漸變得不再捉弄我了。

「我在喔！」

為了炫耀自己蓋的狗屋，我從院子向由美理搭話。

同時發現母親的車開進車庫。看來小狗終於打完預防針了。

還能聽見小狗精神奕奕的叫聲。

今天似乎會是熱鬧的一天。

「佐藤，日本今天也很和平喔。」

我這麼向位於異世界的朋友搭話，抬頭仰望開始長出花蕾的櫻花後方的藍天。

EX-2：小光師父與娜娜姊妹

「一提到教練，我首先會想到的，大概是重播時看過的名作運動類動畫吧？畢竟國中和高中的社團活動就算有顧問也沒有教練，所以我有些憧憬呢
——高杯光子說。」

「哦～這裡是轉移地點啊～」

「是的，小光。把魔核放進這個插槽進行啟動，我這麼告知道。」

「如果想穿過轉移門，需要這個認證道具，我這麼提醒道。」

「哈哈哈哈，這個做法真符合喜歡復古遊戲的一郎哥呢。」

八人姊妹的五女小風芙和六女的小西絲正在指導我轉移門的使用方法。

「主人說，想在今年內正常開放。」

「嗯，我也聽說了喔。」

我對長女小愛汀的話點了點頭。

因為我被委託要在太守和公會長發現時負責應付嘛。

「愛汀，已經把卡麗娜帶來了，我這麼告知道。」

年紀最小的小維兔向我們揮手。

明明在迷宮裡，她卻騎著走龍，次女小伊絲納妮也一樣。而三女小特麗雅、超爆乳美女小卡麗娜，以及謹言慎行的美少女小潔娜都是徒步。另外小卡麗娜的護衛女僕小艾莉娜和新人妹也在一起。

「今天小潔娜也一起？」

「是的，小光。我們在迎接卡麗娜時遇到，所以就帶過來了。已經得到主人的允許。」

「美都小姐！您不是在王都嗎？」

「我也才剛到。是來迎接育幼院的孩子的喲。」

我隱瞞自己從空中飛來的事。在王都外面是用飛翔鞋，途中則是請關係變好的飛龍邦送我來的。

「祝您一切安好，美都大人。」

「哈哈哈——也祝妳一切安好。小卡麗娜今天也是個美女呢。」

把「祝你安好」這種打招呼方式教給小卡麗娜的人肯定是小亞里沙，不會錯的。

「美都叫小光，我這麼訂正道。」

「——咦？」

「這是怎麼回事？」

面對一臉困惑的小潔娜和小卡麗娜，我將自己除了美都以外還有小光這個名字的事告訴她們。

「那我該用哪個稱呼比較好呢？」

「哪個都可以啦～」

兩人煩惱了一陣子之後，決定和姊妹們一樣叫我「小光」。

「話說回來，只有小潔娜嗎？約翰的女朋友呢？」

「莉莉歐她們為了訓練帶兵到老地方去了。」

那邊好像也是一郎哥為了培養小潔娜她們而調整過的訓獵場。

還是老樣子——不對，無論哪個世界的一郎哥都很會照顧人呢。

「潔娜今天偷懶嗎，我這麼提問道。」

「不是的，我今天打算試射新的咒文。」

「比前陣子的『刃嵐』更有威力嗎，我這麼提問道。」

「『刃嵐』是威力最強的中級魔法。我還沒辦法使用上級魔法。」

雖然小潔娜的語氣有些不好意思，但在她那個等級就能使用中級上位的「刃嵐」已經很厲害了。

「小潔娜是用風魔法來著？」

「是的，我們家是風魔法的家系。」

「這樣啊。如果要驅逐魔物，學習火魔法或雷魔法來當作輔助，能夠增加殲滅敵人的速度喔。」

畢竟能加大火勢，而且帶著閃電的風暴威嚇力很強嘛。

「因為小亞里沙是用火魔法，考慮到配合佐藤他們，妳還是學雷魔法比較好吧？」

「雷魔法嗎……」

小潔娜顯得有些不安。

「明明我連風魔法都只能用到中級程度，真的學得會嗎？」

「沒問題啦。只要會用一種魔法，想學會其他魔法就沒有那麼困難。」

而且所需的技能點也會減少呢。

我一邊思考這種事，一邊將雷魔法的入門書遞給小潔娜。

「如果能幫上佐藤先生的忙，我會努力。」

戀愛少女努力的模樣真是可愛。

因為她並非刻意為之，看起來一點也不做作，讓人忍不住想支持她。

「嗯，加油吧！要是遇到不懂的事，我會教妳，隨時都可以來問我。」

雖然知道佐藤不是一郎哥本人，但還是有種被橫刀奪愛的感覺，使我心裡有些鬱悶。
可是這是為了聲援戀愛中的少女，所以我好好地鼓勵了她。

◆

「到了，我這麼告知道，」
小維兔這麼宣言。
我們穿過轉移鏡來到迷宮深處，這個地方意外地眼熟。
「啊～原來是這裡啊。」
「妳之前來過嗎，我這麼提問道。」
「嗯，以前來過。印象中花了三天才來到這裡喔。」
因為這裡的地形很不錯，很適合魔法騎士和魔法使提升等級呢。
不愧是一郎哥，著眼點真是犀利。
「真厲害呢，竟然能瞬間來到要花三天才能抵達的地方。」
「是啊，潔娜。」
小潔娜和小卡麗娜似乎很感動。

「世界迎來了大迷宮時代呢。」

「「「大迷宮時代？」」」

小維兔她們不解地歪著頭。

雖然我知道她們聽不懂，不過姊妹一起偏過頭去感覺與被人否定一樣難受，希望妳們別這樣。

唉，這時候要是小亞里沙或一郎哥在，一定會吐槽我。

我在感到有些寂寞的同時對她們解釋：「就是指大家都能前往迷宮深處的意思。」

「話說回來，這個魔法裝置還真厲害。」

「是啊。是個大發現呢。」

小卡麗娜和小潔娜打量轉移鏡。

「能不能拿到賞金呢？」

「艾莉娜小姐，我認為要公開情報，應該由子爵大人來決定喔？」

新人妹訓斥瞳孔似乎快變成金錢符號的小艾莉娜。

因為新人妹叫莉艾娜，和小艾莉娜的名字很相似、容易搞混，因此才用新人妹稱呼她。

雖然感覺像是職場霸凌，讓人覺得有點可憐，但因為她本人表示：「請不必在意，我還挺喜歡這個稱呼的。」所以身為局外人的我也不方便多說什麼。

「有敵人！」

「——交給我。」

當我們在閒聊時，戰螳螂從陰影處冒了出來。

因為她們似乎還沒做好戰鬥準備，所以我用無詠唱的「追蹤箭」將其打倒。

悄悄接近的影小鬼則被我透過身體強化的一腳解決掉了。

「……好、好厲害。」

「居然是無詠唱，就像傳說中的王祖大和尊者一樣！」

「哈哈哈，謝謝誇獎。」

聽見自己的事被當作「傳說」，讓我有些難為情呢。

「小光是怎麼變強的，我這麼提問道。」

「果然像娜娜她們一樣修行嗎？」

小維兔和小愛汀向我提問。

「唔～嗯，大概不只是修行。因為我沒有才能，是受到很多厲害的人指導才終於能夠戰鬥的喔。」

畢竟我當初被沙珈帝國召喚時，被視為無法戰鬥的廢柴勇者嘛。

「我們要是也接受小光的指導，會變得那麼強嗎？」

「嗯，沒問題喔！」

因為這裡終歸是努力一定會有回報的等級制世界嘛。

◆

「那麼，ＨＢＣ——小光的新人訓練營(Hikaru Boot Camp)要開始嘍！」

因為大家拜託我進行指導，於是我用術理魔法「追蹤箭」把轉移鏡周邊的魔物全部解決之後，召開了短期集中課程。課程名稱是順勢取的。

「首先讓身體充滿魔力。」

這部分大家都成功了。

「接下來要讓魔力循環喔。有魔力操作技能的話就一定辦得到！」

「這麼做的難度和一邊維持魔法一邊使用其他魔法截然不同呢。」

「哈哈哈，要是能做到那種事，馬上就能學會喔。」

小潔娜似乎從小亞里沙與小蜜雅那裡接受過一邊維持效果持續系魔法，一邊使用其他魔法的訓練。

「比起困難與否，我完全搞不懂呢。」

「就跟把魔力注入魔法道具的感覺一樣喔～」

「就算那樣說也很難懂呢。」

小維兔和小西絲稍微陷入苦戰。而小艾莉娜和新人妹兩人沒有魔力操作技能，之後感覺得對她們進行個別指導。

「像這樣嗎？」

『沒錯，卡麗娜大人。只要專注在那股不對勁的感覺上就會使用了。』

「我會努力！」

雖然小卡麗娜也沒有魔力操作技能，但她有「具有智慧的魔法道具」拉卡幫忙，所以好像沒問題。

「成功了！維兔做到了，我這麼告知道。」

「身為姊姊的尊嚴有危險。現在開始全力以赴，我這麼宣言道。」

被小維兔搶先的小西絲氣勢洶洶地成功了。

雖然她們的外表除了髮型之外完全相同，但性格真是五花八門呢。

「只剩下艾莉娜小姐了喲，加油。」

「明明是新人妹卻高高在上呢——成功了？難不成正在流動？」

「哦～真厲害耶。幹得漂亮喔！魔力在流動了！」

牽著手練習之後，小艾莉娜和新人妹也成功辦到了。

一旦能做到這件事，接下來就是長時間維持。

「小維兔，腳底魔力不足喔。不要鬆懈，要好好將魔力流到指尖為止！」

一開始她們要是集中力分散，魔力就無法流到身體末梢。

「成功了？嗯，真不錯！那麼進入下一步！」

年輕的孩子就是學得快。

「接下來試著把魔力流經武器和鎧甲。」

這件事意外地困難喔。

特別是鎧甲。雖然祕銀製品會降低難度，但能夠巧妙地像手持的劍或盾那般注入魔力的人並不多。

「很難吧？不過大家應該都能辦到！加油！」

大家都用認真的表情努力著。

就像伸手搔不到癢處一般陷入苦戰。

「哦！不愧是長女！小愛汀做到了喲。大家也跟上小愛汀的腳步吧！」

是因為有一個人成功嗎？其他孩子也為了不輸給小愛汀而成功了。

第二名是受到拉卡幫助的小卡麗娜。拉卡先生果然就是孚魯帝國時代，用來控制活動甲冑的特製魔導ＡＩ配件吧～

其他孩子雖然比她們兩人慢了一點，但也都成功辦到了。

「很好、很好。雖然有點困難，但大家都成功了呢。」

我開口稱讚並讓她們稍作休息。

由於剛開始進行循環時流失了許多魔力，如果不喝魔力恢復藥，魔力可能會不夠用。

「這就是基本型喔！」

「基本型嗎，我這麼提問道。」

好奇心旺盛的三女小特麗雅伸直手臂開口提問。

「沒錯，目標就是成功維持這個狀態一整天！」

「「「──維持？」」」

姊妹們齊聲喊道。

「假如辦得到，就能讓包覆劍刃的魔力變得銳利，形成魔刃；或者讓覆蓋在鎧甲和身體上的魔力變得厚重堅硬，形成魔力鎧喔！」

「「「魔刃！」」」

「「「魔力鎧！」」」

魔刃的反應真不錯。

雖然以前會用的人很多，現在好像變成只有高手才能使用的技術。

或許是當時大陸到處都在戰爭，用魔法金屬打造的武器也很多的緣故吧。

過去的事暫且不提，我開始向雙眼閃閃發光的孩子們說明步驟。

「要讓魔力充滿整把武器，魔法使也要讓魔力循環到整把法杖喔。」

「小光，那樣太亂來了，我這麼抗議道。」

「放出身體之外的魔力是無法收回的，我這麼主張道。」

「只要把武器和法杖當作身體的一部分就行了喲。妳們看，就像這種感覺。」

我使用從「無限收納庫」拿出的法杖進行示範。

「好了，接下來輪到大家嘍。過沒多久就要吃午餐了，大家再試一次喔！」

雖然我鼓勵發出慘叫的大家努力挑戰，可是想在短時間內讓魔力循環到武器和防具上終究不可能。唉，我想也是呢。

◆

「午餐是三明治喔！」

這是王都光茵公爵邸的廚師長製作的豪華三明治套餐。

連餐具和飲料都準備好了，真令人佩服。我用無限收納庫的庫存補充不夠的量。

「「「我開動了！」」」

看來這是小亞里沙教的。而且不只那些姊妹，就連小潔娜和小卡麗娜她們用餐前都會雙手合十地說：「我開動了。」似乎也有教她們用餐前要洗手的樣子，真不愧是小亞里沙。

「特麗雅決定吃雞蛋三明治！」

「維兔要吃炸豬排三明治，我這麼宣言道。」

小特麗雅和小維兔開心地朝三明治伸出手，我則將她們的手拍掉。

「小光，請不要惡作劇，我這麼告知道。」

「特麗雅也是！特麗雅也認為惡作劇不好！」

於是不出所料地遭到小維兔和小特麗雅抗議。

「不對、不對。吃飯時也不能停下循環。」

「用餐時也要嗎，我這麼提問道。」

小維兔顯得很驚訝。

「沒錯喲～我不是說要持續一整天嗎？」

「特麗雅也是！特麗雅希望吃飯時只考慮吃飯的事，我這麼主張道。」

「這麼做是無所謂，但妳會被其他姊妹拋在後頭喔？這樣真的好嗎？」

「嗚嗚，特麗雅……特麗雅會努力。」

我撫摸做出哭泣動作的小特麗雅的頭，並說出「加油」來鼓勵她。

「真好吃，我這麼告知道！」

「雞蛋好鬆軟！小特麗雅很好奇作法！」

「炸豬排的肉很厚，和醬汁非常搭，維兔這麼讚不絕口道。」

「是非常高雅的美味呢。少許加入的芥末更凸顯了味道，真好吃。」

「是啊，味道很棒。我喜歡起司和火腿的三明治。」

「完全不輸子爵大人和小露露製作的三明治耶。」

「艾莉娜小姐，我知道很好吃，但不要雙手抓著吃嘛～」

大家似乎都很喜歡。

「這是小光做的嗎，我這麼提問道。」

「不是啦～這是家裡的餐點。因為很好吃，所以也想讓小維兔妳們嘗嘗，就請廚師長幫我做了喲。」

「了解，我這麼告知道。不愧是主廚的味道，我這麼稱讚道。」

「嗚嗚，小維兔好過分。」

畢竟一起在飯店打工時，她看過很多次我把料理烤成焦炭的光景，所以這也沒辦法嘛。

◆

「來吧，開始下半場嘍！」

這次要把上午的練習運用在實戰中。

「小維兔妳們的目標是提升五級！小潔娜和小卡麗娜就以提升三級為目標努力吧！」

因為這裡有很多魔物，只要使用作弊技能「超人強化」，應該能夠相當迅速地進行狩獵才對。

這比我從小波奇她們那裡聽說，一郎哥的魔鬼升級方式要好得多吧。

「小光小姐，這再怎麼說也辦不到吧？」

「我認為太勉強會很危險。」

儘管謹慎的小潔娜和小愛汀要我重新考慮，但這裡只能前進了。

「沒問題的。如果太危險的話我會幫忙，大家就努力試試看吧～！」

即使有個萬一，只要用「追蹤箭」或者讓光之劍舞動起來，就總會有辦法解決。

「好的，小光小姐。我會努力！」

嗯嗯嗯，小卡麗娜明明看起來像個大小姐卻這麼積極，真不錯呢。

「那麼開始吧！」

「「「不，小光。請三思。」」」

「哈哈哈哈，Let's party！」

我向發出哀號的孩子們瞥了一眼，接著使出吸引魔物的術理魔法。

「小光！敵人！有很多敵人，我這麼告知道！」

「愛汀，快用挑釁！我們應該成為牆壁，我這麼主張道。」

『卡麗娜大人！不可以往前衝！要配合周圍！』

「大家加油～」

我向有點慌張的大家打氣。

另外，我把大家在傍晚之前都達到目標等級的事記錄在這裡。

結束之後，雖然大家都一臉茫然地倒在地上，但結果還算不錯吧。

要是計劃舉辦第二次新人訓練營，大家一定會更開心喔。

瞞著一郎哥悄悄地鍛鍊大家，讓他大吃一驚似乎也挺有趣的呢！

後記

您好，我是愛七ひろ。

非常感謝各位購買《爆肝工程師的異世界狂想曲》第二十集！

在已經過去的二〇二〇年三月，狂想曲WEB版宣布完結了。本作自從自二〇一三年三月在「成為小說家吧」上面開始連載，經過七年的時間總算劃下了句點。

當然，完結的只有WEB版而已。

狂想曲（書籍版）還會繼續下去，請各位放心！我打算把書籍版最終章的走向和伏筆改成與WEB版截然不同的故事，已經看過WEB版的讀者也敬請期待。

剩下的行數不多，簡短地講述一下本集的看點——我試著以WEB版的巴里恩神國篇和鼬帝國的地吉麥島篇為基礎重新構築全新的故事，請期待勇者等人和佐藤他們的活躍。

因為行數快要用完了，那麼進入慣例的謝辭！我想向責任編輯I、責任編輯S、責任編輯A，以及shri老師，還有其他與這本書的出版、通路、銷售、宣傳與跨媒體相關的所有人士獻上感謝！

然後是各位讀者。大家願意將本作品閱讀到最後，真的非常感謝！
那麼我們下一集巴里恩神國觀光篇再會吧！

愛七ひろ

倖存錬金術師的城市慢活記 1~5 待續

Kadokawa Fantastic Novels

作者：のの原兎太　插畫：ox

橫亙兩百年時光交織而成的鍊金術奇幻作品，
迎來令人感動的高潮發展!!

迷宮吞噬了「精靈」安妲爾吉亞，正逐漸地取代祂成為地脈主人。萊恩哈特率領迷宮討伐軍菁英，偕同吉克與瑪莉艾拉，為了守護這個深愛的城市與人們——將與「迷宮主人」正面交鋒!!

各 NT$260~300/HK$87~98

國家圖書館出版品預行編目資料

爆肝工程師的異世界狂想曲 / 愛七ひろ作；九十九夜譯. -- 初版. -- 臺北市：臺灣角川股份有限公司, 2022.05- 冊；　公分. -- (Kadokawa fantastic novels) 譯自：デスマーチからはじまる異世界狂想曲 ISBN 978-626-321-423-1(第20冊：平裝) 861.57　　　　　　111003450

Kadokawa
Fantastic
Novels

爆肝工程師的異世界狂想曲 20

（原著名：デスマーチからはじまる異世界狂想曲 20）

2022年5月12日　初版第1刷發行

作　　者：愛七ひろ
插　　畫：shri
譯　　者：九十九夜

發 行 人：岩崎剛人
總 編 輯：蔡佩芬
編　　輯：彭曉凡
美術設計：李思穎
印　　務：李明修（主任）、張加恩（主任）、張凱棋

發 行 所：台灣角川股份有限公司
地　　址：104台北市中山區松江路223號3樓
電　　話：（02）2515-3000
傳　　真：（02）2515-0033
網　　址：www.kadokawa.com.tw
劃撥帳戶：台灣角川股份有限公司
劃撥帳號：19487412
法律顧問：有澤法律事務所
製　　版：巨茂科技印刷有限公司
ＩＳＢＮ：978-626-321-423-1